날아 봐, 떠나 봐, 나를 봐

날아 봐, 떠나 봐, 나를 봐

50대, 길 위에서 찾은 두 번째 삶

초 판 1쇄 2026년 01월 27일

지은이 김경아
펴낸이 류종렬

펴낸곳 미다스북스
본부장 임종익
편집장 이다경, 김가영
디자인 임인영, 윤가희, 윤영빈
책임진행 안채원, 이예나, 김은진, 국소리, 송가희, 이지영

등록 2001년 3월 21일 제2001-000040호
주소 서울시 마포구 양화로 133 서교타워 711호, 808호
전화 02) 322-7802~3
팩스 02) 6007-1845
블로그 http://blog.naver.com/midasbooks
전자주소 midasbooks@hanmail.net
페이스북 https://www.facebook.com/midasbooks425
인스타그램 https://www.instagram.com/midasbooks

ISBN 979-11-7355-675-3 03810

값 18,500원

미다색북스는 다음세대에게 필요한 지혜와 교양을 생각합니다.

날아 봐, 떠나 봐, 나를 봐

50대, 길 위에서
찾은 두 번째 삶

김경아 지음

미다스북스

무엇을 이루고 증명해야 하는 삶이 아니라,

존재 그 자체로 충분한 삶이 있다는 것.

그 사실을 밴쿠버에서 처음으로 깨달았다.

여행은 늘 나에게 알려주었다.

오래 걸려도 괜찮고, 남들과 달라도 괜찮다는 걸.

그리고 나만이 가진 색이 곧 예술이며,

내 삶 자체가 하나의 작품이 될 수 있다는 사실을.

정말 소중한 건 명소가 아니라 타이밍이다.

타이밍은 우연히 주어지는 것이 아니라,

살아가며 스스로 만들어 가는 것이며,

행운 또한 그렇게 만들어진다는 사실을 배웠다.

죽지 않을 것이라는 막연한 판타지 대신,

언제 죽어도 미련 없도록 재미나게 살기로 했다.

일상에서는 여행하듯 하루를 대하고, 길 위에서는 내가 살아온 자리를 돌아본다.

여행과 삶은 다르지 않다는 것을, 나는 떠나서야 배웠다.

프롤로그

012

View 1

갱년기가 열어준 문 앞에서

#미국 #캐나다 #중국

#이탈리아 #독일 #네덜란드

View 2

느슨해진 마음이 바라본 풍경들

#독일 #네덜란드 #벨기에 #이탈리아 #프랑스

#스페인 #오스트리아 #슬로베니아 #캐나다

View 3

인생, 그 타이밍에 스며들다

#이탈리아 #네덜란드 #프랑스 #튀르키예
#라오스 #바티칸 #스페인 #캐나다

View 4

여행이 건네는 마지막 한 줄

#프랑스 #아랍에미리트 #크로아티아 #라오스
#이탈리아 #태국 #튀르키예 #캐나다

에필로그

프롤로그

느닷없이 갱년기가 찾아와 등을 떠밀었다. 가슴이 답답해지고 수시로 열이 오르락내리락했다. 익숙한 것들이 지겨워지고 우울했다. 겪어보지 못한 일이 연이어 일어났다. 이런 증상이 느리게 다가왔다면 서서히 적응했을 것이다, 그냥 그렇게. 그러나 갱년기는 예고 없이 닥쳤고 나는 속수무책이었다.

인디언이 말을 타고 달리다 멈추는 건 뒤따라오는 영혼을 기다리는 의식이라고 한다. 나에게도 그런 의식이, 영혼을 기다려줄 시간이 필요했다. 그래서 떠났다.

책에서 보고 오래 가슴에 품었던 옐로스톤이 첫 여행지였다. 거기 가면 왠지 숨이 트일 것 같아서였다. 약을 처방받은 것처럼 여행은 효과를 발휘했다. 그 뒤로 유럽 여러 곳을 다녔고 딸과 캐나다 밴쿠버에서 두 달 살기도 했다. 코로나 시기를 제외하고 지난 10여 년 동안 연중행사처럼 여행을 떠났다.

그렇게 다녀온 여행은 마음의 결을 바꾸어 놓았다. 엉켜 답답하던 세월이 차분해졌고, 눈에 보이는 성취 대신 작은 것을 소중하게 대하기 시작했다. 서두르지 않는 법을 배우고, 내 안의 목소리에 조금 더 귀 기울일 줄 알게 되었다. 여행은 메말라 가는 나에게 물을 주고 가꾸는 시간이었다. 그러고 돌아와 보니 우울하고 아픈 몸과 마음에 조금씩 새 움이 텄다.

이 이야기는 화려한 여행지의 기록이라기보다는 작은 조각보 같은 마음을 엮었다. 살고 싶어 떠났다가 하나씩 놓고 온 마음이 이야기 대부분을 차지한다. 나의 어려움이 여러분의 어려움일지도 모르겠다는 용기로 한 자 한 자 써 모았다. 내가 그랬듯, 나에게로 가는 길에 당신의 시선도 부디 바깥이 아니라 안으로 흐르길 바라며. 그러다 저만치 가 있는 나를 발견하길 바라며.

그리고 덧붙인다. 날아 봐, 떠나 봐, 그리고 나를 봐!

여행에서 돌아와…
김경아

갱년기가 열어준
문 앞에서

몸이 먼저 흔들렸고,

그 뒤에 마음이 따라 흔들렸다.

도망치듯 떠났지만,

이 여정은 결국 나에게로 들어가는 문이었다.

1

옐로스톤에서 다시 숨쉬다

(#와이오밍)

아팠다. 감정은 들쑥날쑥했고 이유 없이 우울했다. 작은 일에도 민감해졌고 잠도 잘 자지 못했다. 점점 늙은이가 되어가고 있었다. 노안이 와서 글씨가 흐릿했고 잇몸이 약해져 임플란트를 두 개나 했다. 왼쪽 팔은 들기도 힘들었고 밤이 되면 더 아팠다. 그즈음 생리도 멈췄다. 중학교 때 앓았던 기관지염이 다시 도졌다. 몸이 보내는 신호였다. 무리하지 말고 쉬라고. 이제 좀 나를 돌아보라고.

떠나고 싶었다. 명치께에 뭔가 걸린 듯한 답답함. 큰 숨을 쉬어도 숨이 트이질 않았다. 누구도 피해 갈 수 없다던 갱년기였다. 벗어나고 싶었다. 떠나면 나아질 것 같았다. 떠나야 나아질 것 같았다.

그렇게 떠났다. 미국으로. 중년이 되어 처음으로 떠난 곳이다. 처음이라는 건 설렘과 불안을 동시에 품는다. 여행 준비 내내 들뜨고 우왕좌왕했다. 날씨를 체크했음에도 어떤 옷을 챙겨야 할지 몰라 옷을 넣었다 뺐기를 반복했다. 음식이 입에 맞지 않을까 봐 걱정돼 고추장과 김, 카레와 햇반, 라면까지 챙기기 시작했다. 지금 생각하면 별것 아닌 것들이었지만, 그땐 하나하나 결정이 쉽지 않았다. 자유 여행이 익숙하지 않은 시누이 부부가 우리와 함께 가기로 했다. 나이 들어 떠나는 첫 해외여행이라 불안하기도 했지만, 함께 간다는 것이 큰 위안이 되었다.

목적지는 오래전 책에서 본 뒤 마음속에 품어온 옐로스톤이었다. 여정은 시애틀에서 시작해 옐로스톤, 캐나다 밴프와 밴쿠버를 거쳐 다시 시애틀로 돌아오는 20일간의 일정이었다.

옐로스톤은 세계 최초 국립공원으로, 제주도의 다섯 배 크기다. 오랫동안 보호된 이곳에는 수천만 년 전 화산의 흔적과 지금도 살아 숨 쉬는 자연이 함께 공존하고 있었다. 끝없이 펼쳐진 초원에는 야생화가 바람에 몸을 흔들고 그 옆에서 야생 동물들이 유유히 뛰어다닌다. 그림 같은 전경 속에서 강렬한 생명력이 전해졌다.

6월의 옐로스톤, 그곳엔 여전히 눈이 남아 있었다. 광활한 들판과 깊은 협곡, 키 큰 나무들, 푸른 호수, 간헐천과 머드 팟이 이어졌다. 어디를 봐도 달력에서 본 사진 같았다. 싸늘한 바람이 볼을 스치고 유황 냄새가 섞인 증기가 코끝을 찌를 때, 잊고 있던 감각이 되살아났다. 시든 마음과 지친 세포들이 고개를 들었다. 낯선 자연은 그렇게 내 안을 흔들기 시작했다.

"어, 코막힘이 나은 것 같은데?"

나보다 먼저 변화를 느낀 건 남편이었다. 사시사철 비염에 시달리던 그가, 이곳에 온 지 이틀 만에 이렇게 말하다니. 며칠 사이 사계절을 맛본 곳, 더할 나위 없이 맑은 공기, 낙원이 있다면 여기가 아닐까 싶었다.

'올드 페이스풀 간헐천'에 갔을 때였다. 우리가 도착했을 때 사람들은 쇼를 기다리듯 장관을 기다리고 있었다. 땅속에서 한참 동안 하얀 김만 피어오르더니, 어느 순간 뜨거운 물기둥이 솟아올랐다. 한여름 분수 같기도 하고 로켓 발사 때 뿜는 배기가스 같기도 한 하얀 물기둥이 하늘을 치고 올랐다. 물줄기가 떨어질 때는 '쉬이익' 소리와 함께 따뜻한 수증기가 얼굴을 스쳤다. 오래 참았던 숨을 토해내듯 뿜어져 나오는 물줄기에 사람들 사이에서 "오 마이 갓!" 감탄과 환호가 터졌다.

땅은 어떻게 저 뜨거운 걸 품고 있을까? 온천은 어쩌다 땅에 갇히게 된 걸까? 국립공원 한가운데 이렇게 살아 있는 간헐천이 있다는 게, 보면서도 어리둥절했다. 유황 냄새 가득한 온천에는 붉고 노란, 녹색의 파스텔톤 지표권이 펼쳐져 있었다. 그 색이 박테리아가 만든 것이라니 더욱 신비로웠다. 간헐천은 뽀글뽀글 끓거나 증기를 내뿜으며 살아 있었다. 뜨거운 대지 앞에서 내 갱년기는 힘을 잃어가고 있었다. 마치 아이의 엄살처럼 나는 떠나기 전의 나를 조금씩 놓아주고 있었다.

동물과의 만남도 인상 깊었다. 차 가까이 곰, 사슴, 엘크, 버펄로가 보였다. 갈색 털로 뒤덮인 거대한 버펄로 무리가 묵묵히 길을 건너는 모습은 삶을 달관한 듯했다. 자동차 행렬이 길게 늘어서도 개의치 않는 여유. 인간과 동물의 평화. 거칠 것도 불안해할 것도 없는 삶을 그들은 이미 알고 있는 듯했다.

숨이 막혀서, 우울해서, 죽을 것 같았다. 도망치듯 갱년기를 피해 여기에 왔는데 내가 웃고 있었다. 그런 나를 보고 남편도 웃었다. 공간만 옮겼을 뿐인데 어느새 내가 달라졌고 가족들이 날 보며 안심했다. 그곳에서 나는 잘 먹고 잘 잤으며 방금 웃은 걸 잊은 채 또 웃었다. 방황하는 나를 품어 주고, 흔들리는 나를 잡아준 곳, 그곳이 바로 옐로스톤이었다. 그게 내 여행의 시작이었다.

옐로스톤 버펄로

2

낯선 도시, 머무는 연습

#밴쿠버

23킬로를 꽉 채운 두 개의 캐리어와 함께 밴쿠버 공항에 내렸다. 불안했다. 설렘은 온데간데없이 사라지고 무거운 걱정만 도착했다. 에어비앤비 호스트가 공항으로 마중을 나오기로 했다. 정말 오긴 오는 걸까? 사진과 달리 이상한 사람이면 어떡하지? 혹시 나를 못 알아보면 어쩌지? 수많은 걱정이 머릿속을 스쳤다. 공항에서 두리번거리던 나는 이미 불신의 화신이 되어 있었다.

다행히 그는 약속 시간에 맞춰 나타났고 걱정과 달리 부드러운 인상이었다. 숙소로 향하는 차 안에서야 안도의 숨을 겨우 내쉬었다. 딸은 창밖만 바라보았다. 아직 아무것도 시작되지 않았지만, 여기까지 온 나 자신이 조금 기특했다. 이제부터는 살아보기만 하면 된다. 단 두 달이라도 하루하루를 온전히 나답게, 조금 더 유연하게, 아프지 않게. 그때는 몰랐다. 이 밴쿠버의 두 달이 내 삶에 특별한 계절이 되리란 걸.

숙소에 가방을 내려놓자, 그제야 발걸음을 무겁게 했던 지난 시간이 떠올랐다.

갱년기, 남의 일이라고만 생각했다. 불면이 심해지고 감정은 들쑥날쑥해졌지만, 병원에서는 단 한 마디뿐이었다.

"그냥 갱년기 때문이에요."

'그냥'이라는 말이 무색하게 나는 복잡했다. 몸이 힘들어서 마음이 우울한 건지, 마음이 아파서 몸이 무너지는 건지 알 수 없었다. 밤에는 잠이 오지 않고 아침에 눈 뜨는 게 두려웠다. 몸이 여기저기 말썽을 부려서 급기야 왜 이렇게까지 살아야 하나 의문이 들었다. 옐로스톤에 갔을 때가 그리웠다. 다른 사람이 된 것 같던 그때로 돌아가고 싶었다.

그래서 밴쿠버에 가기로 결심했다. 겉으로는 딸의 어학연수였지만, 실은 내 인생의 구조조정이었다.

내가 나에게 주는 위로. 내가 다시 살아보자고 건네는 작은 용기였다.

출국하기 전날까지 취소할 핑계를 끊임없이 만들었다. 여행 초창기라 어설펐고, 무엇보다 남편 없이 떠나는 게 두려웠다. 처음의 호기로움은 사라지고 두려움이 설렘을 덮어버렸다.

밴쿠버는 1년 전, 옐로스톤과 밴프 여행 중 짧게 들렀던 도시였다. 그게 문제였다. 아예 가지 않았다면 이렇게까지 그립지 않았을 텐데. 충분히 둘러보지 못한 아쉬움, 6월의 눈부신 햇살, 파란 하늘이 자꾸 손짓했다. 마치 연락처만 받고 끝난 소개팅처럼, 다음 장면이 궁금해서 견딜수가 없었다. 그곳에서 잠깐만 살아보면 갱년기가 싹 나을 것만 같았다. 지난해 여행에서 돌아온 뒤 아쉬움이 많이 남는다고 자주 말해서였을까. 남편은 의외로 흔쾌히 허락해 주었다.

가장 신경 쓰였던 건 시댁이었다. 일 때문도 아닌데 두 달을 외국에서 산다니 뭐라고 설명해야 할지 막막했다. 게다가 시어머니 건강도 좋지 않았다. 답 없는 질문만 수없이 반복하며 시간을 보냈다. 그때 남편이 말했다.

"당신이 먼저 건강해야, 가족도 돌보지."

혼자 떠난다고 하면 남들이 이상하게 볼 것 같았다. 그래서 더 당당하지 못했다. 그때 떠올린 게 딸의 어학연수였다. 그러나 딸을 설득하기도 녹록지 않았다. 학생회 일로 바쁜 딸은 단칼에 거절했지만 물러설 수 없었다.

"엄마는 지금이 아니면 기회가 없어. 너랑 단둘이 여행 가는 게 엄마의 버킷리스트 중 하나야. 엄마가 갱년기 극복하게 협조 좀 해줘라."

결국 엄마의 소원이라는 말까지 듣고 나서야 동의했고 1학기 기말시험이 끝나자마자 비행기에 올랐다.

첫 주에는 특별한 일이 없었다. 사람들은 친절했고, 하늘은 맑았다.

문제는 나였다. 한국에서 가져온 쪼그라든 마음 그대로였다. 딸도 억지로 끌려왔다는 못마땅한 기색을 숨기지 않았다. 그럼에도 우리는 서서히 적응해 갔다. 오전엔 어학원에 다녔고 오후엔 도시를 걸으며 낯선 풍경을 나눴다.

돌이켜 보면, 그게 갱년기였든 아니든, 내가 진짜로 힘들어했던 건 늘 뭔가를 해내야만 가치 있는 사람이라는 생각 때문이었다. 특별한 것 하나 이룬 게 없는 것 같은 나를 나이 때문이라고, 아이들 때문이라고, 남편의 사업으로 고생한 지난 세월 때문이라고 슬그머니 남 탓으로 돌리고 있었다. 밴쿠버에서는 아무것도 하지 않아도 하루가 흘렀고 그게 좋았다. 잘 놀기만 해도 되는 날들. 무엇을 이루고 증명해야 하는 삶이 아니라, 존재 그 자체로 충분한 삶. 그걸 밴쿠버에서 처음으로 깨달았다.

길 것 같은 두 달이 흘렀다. 마지막 날, 짐을 싸며 생각했다. 어학 실력이 눈에 띄게 늘지도 않았고, 딸과 오붓하기만 했던 것도 아니었다. 거창한 성취도 없었다.

그러나 나는 떠나올 때의 내가 아니었다. 조금 가벼워졌고 그래도 괜찮다고 나를 인정하게 되었다. 그것이 밴쿠버가 내게 건넨 가장 큰 선물이었다.

밴쿠버 스탠리 파크

밴쿠버 그랜빌 아이랜드

3

닫힌 교실에서 열린 시간

#밴쿠버

처음엔 그냥 딸의 어학연수 때문이라고 했다. 나는 곁다리처럼 따라가는 사람이라고. 마음속 깊은 이유를 말로 꺼내기에는 너무 애매하고 복잡했다. 겉으로는 "딸이 외국 생활을 경험해 보면 좋겠어."라 했지만, 사실은 내가 더 멀리 떠나고 싶었다. 낯선 곳에 가 숨고 싶었다.

그 시절, 딸은 사춘기를 지나 대학생이 되었고 나는 갱년기를 겪고 있었다. 우리 사이에 말이 점점 줄어들었다. 그러던 차, 밴쿠버에서 함께 지낼 기회가 주어졌다. 원래 계획은 한 달 살기였으나, 등록하려던 어학원에서 "두 달을 신청해도 한 달과 비용 차이가 크지 않다."라며 파격적인 프로모션을 제안했다. 어차피 어렵게 떠나는 길이었다. 하루라도 더 머물고 싶었기에 망설임 없이 두 달을 선택했다. 그러나, 그게 사기일 거라곤 꿈에도 생각하지 못했다. 불과 한 달 만에 원장이 흔적도 없이 사라질 거라고, 누가 상상이나 했겠는가.

밴쿠버 생활은 곧 익숙해졌다. 아침이면 어학원에 가고 오후엔 시내를 걷거나 바닷가에 들렀다. 공원과 도서관, 갤러리, 벼룩시장도 자주 찾았다. 주갈이면 빅토리아섬이나 그라우스 마운틴, 버나비, 캐필라노로 거침없이 떠났다. 딸은 생각보다 빨리 적응했고 나도 조금씩 여유를 되찾아갔다.

한 달쯤 지난 어느 날이었다. 우리가 다니던 어학원 앞에 낯익은 선생님들이 피켓을 들고 서 있었다. 원장이 밤새 사라졌다는 소식을 들었다. 학생들은 으왕좌왕 모여 임시 회의를 열었고 급여를 받지 못한 교사들도 학생들과 같은 처지가 되었다. 격앙된 목소리들이 복도를 가득 메웠다. 사무실 직원들 또한 어쩔 줄 몰라 했다. 누구도 정확한 해답을 내놓지 못했다. 그 후 거의 일주일 동안 우리는 수업 대신 대책을 논의하느라 바빴다. 영어로. 어쩌면 그 시간이 수업 시간보다 더 많은 공부를 한 시간이었는지도 모르겠다.

일주일 후, 우리를 이 어학원에 소개해 준 현지 사무실에서 학생들을 여러 어학원에 나누어 배치해 주었다. 뜻밖에도 나는 딸과 같은 반이 되었다. 유독 일본 학생들이 많았던 그 교실에서 우리는 나란히 앉아 수업을 들었다. 어색하면서도 묘하게 재미있는 시간이 시작되었다.

교실은 대체로 조용했다. 선생님이 질문을 던지면 대답은 짧고 목소리는 작았다. 처음에는 답답하게 느껴졌지만, 우리는 뒤쪽에 앉아 묵묵히 수업을 따라갔다. 며칠이 지나자 분위기는 차츰 풀렸다. 딸과 내가 같은 반이라는 사실이 어색할 줄 알았지만, 괜한 걱정이었다.

"엄마, 진짜 신기하다. 화장실 갈 때 빼고는 우리 종일 붙어 있는 것 같아."

그 말이 오래 마음에 남았다. 아기였을 때를 빼면, 딸과 이렇게 오래 붙어 있는 건 처음이었다. 그날들은 마음속에 접어 두었다가 가끔 꺼내 읽고 싶은 편지 같은 시간이 되었다.

밴쿠버의 여름 저녁은 생각보다 길었다. 밤 9시가 넘어도 해가 지지 않아 하루가 한없이 넉넉해 보였다. 우리도 그만큼 느긋해졌다. 도시의 구석구석을 돌아다니며 작은 일에도 웃었고 오래 걷는 날들이 이어졌다. 살면서 놓친 순간들을 보상하듯 우린 그 여름 저녁을 차곡차곡 담아 두었다.

아침마다 딸은 준비가 늦었다. 우리는 늘 어학원 시간에 맞춰 아슬아슬하게 집을 나섰다. 스카이트레인에서 내려 어학원까지 숨을 몰아쉬며 뛰는 게 일상이 되었다. 처음엔 한숨이 나왔다. 정신도 없었다. 하지만 어느새 서로를 보며 헐떡이다가 웃음을 터뜨리곤 했다. 늦더라도 딸과 함께 뛰는 순간이 즐거웠다.

점심은 주로 샌드위치를 싸갔다. 준비도 힘들지 않고 먹기 편해서 좋았다. 빵에 치즈와 오이, 때로는 양상추 대신 아보카도를 얇게 썰어 넣었다. 어떤 날은 잼과 치즈만 넣기도 했는데, 점심시간이면 뭐든지 맛있었다. 산딸기를 따 먹고, 길거리에서 조각 피자를 나눠 먹고, 해변에 멍하니 앉아 노을을 바라보기도 했다. 딸이 원하는 건 될 수 있으면 다 들어주려 했다. 한 침대에 누워서, 길을 걸으면서, 아이스크림을 먹으면서 참 많이도 재잘거렸다. 어쩌면 다시 갖기 어려울지 모를 시간을.

딸이 중학생일 때 종종 말했다.

"엄마는 왜 내가 말하면 늘 왔다 갔다 하며 들어?"

그 말엔 서운함이 배어 있었다. 그만큼 바빴다고 말하고 싶지만, 변명이었다. 지금은 딸의 말에 귀 기울이고, 맞장구를 쳐주는 일이 자연스러워졌다. 딸도 그걸 좋아하는 눈치였다. 진작 그렇게 하지 못한 게 오래도록 마음 쓰리게 했다.

그해 여름, 우리는 어학원에서 영어보다 더 중요한 걸 배웠다. 딸은 나를 조금 더 이해했고 나는 딸을 아이가 아닌 하나의 온전한 세계로 바라보게 되었다. 같은 교실에 나란히 앉았던 그 시간 덕분에 우리는 서로를 다시 알아갔다. 평생 엄마와 딸로 지냈지만, 처음으로 같은 속도로 숨을 쉬고, 같은 페이지의 책을 함께 써 내려갔다. 어학원은 닫혔지만, 우리 마음 안에는 새로운 교실이 열렸다. 출석 체크도 없고 숙제 검사도 없는 진짜 수업이.

밴쿠버 잉글리시 베이

4

옷보다 먼저 내려놓은 것들

(#밴쿠버) (#렉 비치)

발걸음이 점점 빨라졌다. 딸과 나는 밴쿠버 브리티시컬럼비아 대학교 캠퍼스를 가로질렀다. 도무지 어디로 가야 할지 몰라 도서관을 중심으로 원을 그리듯 헤맸다. 어떤 풍경이 기다리고 있을지는 알 수 없었지만, 이 기회를 놓치면 평생 후회할 것 같았다.

"엄마, 진짜 가는 거야?"

"진짜지. 호기심이 생기지 않아?"

그러다 마침내, 렉 비치(Wreck Beach) 입구를 찾았다. 벌써 마음속 어딘가가 살짝 간질거렸다. 여기가 바로, 그 유명한 누드 비치라니. 게다가 딸이랑? 뭐 어때, 우리는 여행자인데 뭘.

입구에 들어서자 곧바로 나무들 사이로 가파른 계단이 보였다. 내려가는 길은 좁고 길었다. 올라오는 사람과 마주칠 때마다 몸을 살짝 비켜줘야 했고 발아래엔 끊임없이 이어진 내리막이 펼쳐져 있었다. 돌아올

땐 오르막'이란 말이다. 그 길은 마치 소중한 것을 깊숙이 감춘 장소로 이끄는 통로 같았다.

계단 끝에 다다라, 고개를 왼쪽으로 돌리자 드디어 누드 비치가 보였다. 아무것도 걸치지 않은 사람들이 저마다의 자세로 즐기고 있었다. 파라솔 아래 수건을 펼치고 누워 책을 읽거나, 떠내려온 통나무에 기대거나, 삼삼오오 모여 이야기를 나누며. 어린 자녀들과 모래성을 쌓는 가족도 보였다. 순간, 살찌고 나이 든 남자의 그곳을 보고 움찔했다. 눈길을 어디에 두어야 할지 몰라 별 내용도 없이 딸과 대화하는 척하며 시선을 숨겼다. 그러나 해변을 걷는 동안 난처함은 금방 가라앉았다. 그곳엔 뽐냄도 외설도 없었다. 그저 사람이 자연의 일부일 뿐이었다.

그때 눈길을 끄는 장면이 있었다. 한 여인이 얕은 물 위를 오후의 햇살을 향해 천천히 걸어가고 있었다. 아무것도 걸치지 않은 몸은 한 폭의 그림 같았다. 물 위의 실루엣은 오히려 단정했고 햇살과 어우러져 평화로웠다. 왜 많은 예술가가 인간의 몸을 누드로 표현하고 싶어 했는지, 그 순간 어렴풋이 알 것 같았다. 그곳은 몸의 자유를 허락한 작은 에덴동산 같았다.

걷다 보니 '모두가 당당하고 자연스러운데 굳이 나만 이렇게 꽁꽁 싸매고 있을 필요가 있을까? 내가 어색해할수록 오히려 풍경을 망치는 건 아닐까?' 하는 생각이 들었다. 바닷바람에 옷자락이 날리자, 입고 있는 모든 게 갑자기 갑옷처럼 느껴졌다.

"엄마, 설마?"

딸이 옆에서 눈을 흘기며 물었다. 솔직히 벗을 용기는 없었다. 그냥 딸의 표정에 장난기가 발동했을 뿐이다.

"응, 나도 벗어야겠어."

"엄마 제발! 여기서 그런 말 하지 마."

"농담 아니야. 우리만 입고 있는 건 예의가 아니지. 그럼, 양말부터!"

우리는 동시에 웃음을 터뜨렸다. 해변의 바람, 파도 소리, 우리의 웃음이 한데 섞였다. 꼭 옷을 벗지 않아도, 마음을 풀어놓는 것만으로 이미 충분히 자유로웠다.

바닷가 한가운데를 맨몸으로 거니는 이들을 보니 내 안에는 체면과 기대와 욕심이 가득 붙어 있다는 생각이 들었다. 엄마라는 이름, 중년 여성이라는 틀, 그리고 영어 강사로서 늘 친절하고 부드럽게 보여야 했던 이미지까지. 틀 속에 끼워서 사는, 나를 위해 살기보다 남에게 보이기 위해 사는 나를 알아차렸다.

나이에 맞게, 여성스럽게, 지나치지 않게. 그런 말들에 맞춰 살던 몸과 마음을 바닷바람 앞에 풀어놓았다. 보여지는 내가 아니라, 하고 싶은 대로, 생긴 대로, 자연스럽게 살고 싶다는 생각이 들었다. 누군가가 정한 기준에서 벗어나 오롯이 나로 살아가는 것 말이다. 호기심에 방문한 누드 비치에서 벗은 그들을 보니 오랫동안 굳어 있던 껍질이 슬며시 벗겨질 것 같은 기분이 들었다. 살랑거리는 가슴에 바닷바람이 희미하게 스며들었다.

모두 벗은 그들 틈에서 나는 자유라는 가벼운 옷을 입고 해거름까지 돌아다녔다.

5

쌓여가는 중입니다

#장가계

나이를 먹는다는 건 약해지고 닳는 일이다. 몸이 마음처럼 움직이지 않을뿐더러 마음도 몸처럼 늙어 가는 일이다. 늙는다는 건 조금씩 사라지는 일이란 생각도 든다. 그러나, 여기에 늙음을 자랑하는 존재가 있다. 시간을 견뎌 온 자연이다. 장가계는 나이를 감추려 하기보다 늠름하고 당당한 모습이었다.

5월, 남편 친구 부부들과 함께 장가계를 찾았다. 영화 〈아바타〉 속 배경이 된 곳이라 더 궁금했던 곳이다. 거대한 절경 앞에 서니, 인간은 작고 작다는 생각이 들었다. 3D 안경을 끼고 영화 속에 들어온 것 같았다. 한국 능선이 어머니의 품 같다면, 장가계의 봉우리는 군기가 바짝 든 장교의 어깨 같았다. 흐트러짐 없이 각 잡힌 절벽은 보는 이마저 자세를 가다듬게 했다. 비까지 내려 풍경은 마치 맑은 물속에 잠긴 듯했다. 오랜 세월 물에 잠겼다 떠오르기를 반복하며 다듬어진 산세는 한 폭의 산

수화처럼 고요하고 단단했다.

세월의 흔적은 사람만이 남기는 게 아니었다. 나무는 나이테로 시간을 새기고, 장가계는 겹겹이 쌓인 퇴적층 속에 수억 년을 품고 있었다. 바람에 깎이고 비에 씻기며 무너져 내리면서 묵묵히 자신을 드러냈다.

찌를 듯 으뚝 선 암석 기둥들이 끝도 없이 이어져 있었다. 땅속에서 솟아오른 돌이 죽순처럼 뻗어 있었고, 메마른 바위틈에 초록 나무들이 뿌리를 내렸다. 금이 가고 쪼개지는 틈 사이로 바위는 나무를 낳아 기르고 있었다. 거칠고 단단한 어깨 위에 누군가의 손이 조심스레 얹힌 듯, 아슬아슬하고 따뜻하게. 사람이 그렇듯, 자연도 혼자선 살 수 없는 존재라는 듯이.

몇 해 전 크로아티아 두브로브니크로 향하던 길에서 본 황량한 바위산이 떠올랐다. 끝없이 이어진 나무 없는 풍경은 삭막했다. 그에 비하니 장가계는 초록빛이 뚝뚝 떨어지는 게 더할 나위 없이 싱싱했다. 절벽을 타고 흘러내리듯 매달린 나뭇잎들은 수채화처럼 산을 물들이고 있었다. 특히 봄기운에 물든 초록 잎사귀들이 안개에 묻혀 신성한 분위기마저 감돌았다.

"와, 여긴 산신령이 살 것 같아."

천문산 케이블카를 타고 약 40분을 오르면서 본 퇴적층의 단면은 시루떡처럼 가지런하고 단정했다. 케이블카가 움직일 때마다 단면의 각도가 달라졌고, 그때마다 전혀 다른 모습이 드러났다. 지구의 대반란과 소용돌이가 흔적으로 켜켜이 남았다. 각기 다른 퇴적층이 저마다의 결을 품듯, 나 역시 다양한 날들을 차곡차곡 쌓으며 살아왔을 것이다. 내가 보낸 시간은 어떤 모양으로 쌓여가고 있을까?

그곳의 진짜 주인은 역시 자연이었다. 우리는 그저 그 신비롭고 영험한 존재 앞에 조심스럽게 발을 디딜 뿐이었다. 케이블카와 에스컬레이터, 유리잔도, 엘리베이터를 따라 이어지는 길에서 아름다움을 감상했다.

유리잔도 위, 투명한 바닥 아래로 절벽이 훤히 보였다. 걸음은 절로 느려지고, 몸은 구부정해졌다. '아래를 보지 말아야지.' 하지만 시선은 절로 바닥으로 떨어졌다. 그때 남편의 친구가 뒤에서 "왁!" 하고 장난을 치자, 나는 비명을 지르며 몸을 움츠렸다. 그 모습에 지나는 사람 모두가 웃었다.

"이 유리잔도를 만들기 위해 2,000명이 투입됐고, 그중 500명만 끝까지 남았습니다."

가이드의 말을 듣자, 내가 걷고 있는 이 길이 수많은 이의 희생 위에 건설되었다는 생각이 들어 조금 전까지의 장난과 소란이 부끄러워졌다. 그들이 발아래서 올려다보고 있는 것 같아 웃음이 쏙 들어갔다. 자연은 수억 년의 시간을 쌓아 산을 만들었고, 인간은 고단함과 수고로 길을 만들었다. 발끝이 조심스럽고 무거웠다.

장가계의 풍경은 한 잔의 탄산수 같았다. 겉보기엔 고요하고 투명했지만, 그 속에서는 기포처럼 다양한 감정이 톡톡 터져 나왔다. 유리 잔도를 걸을 때의 공포, 케이블카에서 마주한 퇴적층의 경이로움, 누군가의 장난에 터진 웃음 한 조각과 비극까지. 모든 순간이 입안에서 퍼지는 탄산처럼 낯설면서도 짜릿했다.

나는 지금, 내 삶의 어느 퇴적층 위에 서 있는 걸까. 깎이고 무너졌던 날들이 차곡차곡 쌓여 지금의 나를 만들었겠지. 행복해서 웃던 날과 하늘이 무너질 것 같았던 날, 웃음과 눈물, 상처와 고통, 땀과 성취가 내 삶을 쌓아왔겠지.

자연은 말이 없었다. 그저 보여줄 뿐이었다. 나도 그렇게 삶의 굴곡을 그리며 나이 들어가고 있다는 걸 푸른 산이 알려주었다. 잘 물든 단풍이 봄꽃보다 예쁘다는 말이 몇 걸음 따라왔다.

장가계

6

멋대로 패션 속에서 배운, 나답게 입는 법

#밴쿠버

6월 말, 햇살은 환했지만 밴쿠버의 공기는 생각보다 차가웠다. 스카이 트레인 안에서는 다양한 인종과 사계절 옷차림을 다 보는 진풍경을 만났다. 두꺼운 파카 옆에 끈 나시, 긴팔과 반팔을 겹쳐 입은 사람, 어깨에 숄을 두른 사람까지. 우리나라에서는 보기 힘든 자유분방한 패션. 계절 따윈 아랑곳하지 않는 멋대로 패션이었다.

"아니, 6월인데 파카라니. 아무리 날씨가 오락가락해도 이건 너무한 것 아닌가?"

말은 그렇게 했으나, 그들의 모습은 전혀 어색하지 않았다. 그들에게 중요한 건 체온과 기분이지, 계절이나 남의 시선이 아니었다. 그 당당함이 내겐 낯설었지만, 동시에 눈부셨다. 내가 늘 갈망했으나 쉽게 가질 수 없었던, 남의 시선에서 자유로워지는 힘.

나는 입고 싶은 옷보다 입어야 할 옷을 선택했다. 책에서 수없이 들었던 '자신의 생각과 표현이 중요하다.'라는 말을 머리로만 알았을 뿐, 늘 남의 시선을 의식하며 패션 고시생처럼 살아왔다. 내가 만족하는 옷차림이 아니라, 남들이 보기에 괜찮아 보이는 옷과 태도를 택했다. 밴쿠버 첫날, 스카이트레인에서 그 짧은 장면이 내 마음을 콕 찔렀다.

　여행을 준비할 때마다 이번엔 끈 나시나, 깊게 파인 원피스를 입어 보자고 생각했다. 한국에서는 감히 시도도 못 했지만, 낯선 땅에서는 '나도 좀 과감해질 수 있지 않을까?' 하는 기대였다. 하지만 여행 시기는 늘 애매했다. 주로 봄이나 가을이라 춥고, 더울 때는 시누이 부부와 함께라 도저히 용기가 나지 않았다. 결국 기회가 없었다는 핑계를 대며 내가 아닌 남의 시선에 더 신경 썼다.

　해외에서 본 풍경은 달랐다. 어깨와 등을 드러낸 옷차림은 아주 자연스러운 일상이었다.

　"오늘 뭐 입지?"가 아니라, "오늘 뭐 벗지?"에 가까운 분위기랄까. 그건 나와는 다른 방식의 사고였다. 왜 미국이나 유럽에서는 이런 옷차림이 하나의 표현의 자유로 받아들여질까? 왜 거리낌이 없을까? 혼자 이런저런 이유를 떠올려봤다.

첫째, 햇볕을 충분히 쬐는 것이 건강에 좋다는 믿음.

둘째, 노출이 많은 디자인이 더 아름답다고 여기는 미적 기준.

셋째, 어릴 때부터 노출된 옷차림을 보고 자란 문화적 환경.

넷째, 어쩌면 가장 단순한 이유, 그냥 그 스타일이 좋아서.

생각이 여기까지 미치자, 예전에 들은 이야기가 떠올랐다. 캐나다에 사는 친구의 딸이 한국에 와 친구와 함께 수영장에 갔다. 그 딸은 당연하다는 듯 비키니를 입었고, 한국 친구는 래시가드를 입었다. 그들은 서로를 바라보며 묘한 표정을 지었다. 문화 차이란 참 흥미롭다. 우리는 햇볕에 타는 걸 꺼리고, 비키니가 쑥스러워 래시가드를 입는다. 반면 캐나다에서는 래시가드 자체를 찾아보기 힘들다고 한다. 남의 시선이 아니라 몸으로 물살을 느끼려는 생각의 차이, 수영복 하나에도 문화가 입혀지는 셈이다.

예전보다 훨씬 나아지긴 했지만, 여전히 옷을 입을 때 주저한다.

'나에게 편한가?'보다 '남들이 어떻게 볼까?'를 먼저 떠올린다. 계절을 따지고, 나이를 의식하고, 민망하지 않을까 걱정한다. 그래서 오늘도 입고 싶은 옷 대신, 입어야 할 옷을 꺼낸다.

이제는 안다. 밴쿠버 스카이트레인에서 본 그들의 옷차림은 단순한 패션이 아니었다. 계절과 규범, 타인의 시선보다 자신의 감각과 기분을 믿는 태도였다. 그 태도는 당당했고, 무엇보다 자유로웠다. 아마 그들의 자유가 노출에서 비롯된다면, 나의 자유는 편안한 옷에서 시작될 것이다.

　나도 생각을 한 꺼풀 벗어 던지고 입고 싶은 옷을 입고 싶다. 그리고 묻고 싶다. 당신의 옷장에는 지금, 입어야 할 옷 말고 '입고 싶은 옷'이 얼마나 걸려 있는지.

7

이 물을 마신다고?

#베네치아

캐나다에서의 시간이 일상의 리듬을 회복하는 여정이었다면, 유럽으로 향한 발걸음은 조금 다른 질문을 안고 있었다.

베네치아 에어비앤비 숙소에 도착하자마자 제일 먼저 꺼낸 것은 라면이었다. 2주 동안 여행을 다니면 남은 일주일은 호텔보다 에어비앤비를 이용하는 편이다. 일주일쯤 지나면 한국 음식이 그립고, 세탁도 필요하기 때문이다.

늦게 숙소에 도착해 냄비에 수돗물을 붓고 아껴온 라면을 끓이려 했다. 물이 끓기 시작하자 냄비에 허연 것이 생기기 시작하더니 어느새 세제가 묻은 것처럼 거품이 부글부글 끓기 시작했다.

"뭐야? 이 물에 어떻게 라면을 끓여 먹어."

유럽에 가면 늘 생수를 사서 먹는데, 그날은 늦게 도착한 탓에 물을 사지 못했다. 현지인들은 수돗물을 그냥 마신다지만, 막상 물이 허옇게 변하는 걸 보니 도저히 먹을 수 없었다. 그 귀한 라면을 희생할 수 없어 결국 물을 버리고 말았다.

원인은 수돗물 속 석회질 때문이었다. 유럽의 물에는 우리에게 낯선 미네랄, 특히 칼슘과 마그네슘이 많이 녹아 있다. 현지인 열에 일곱은 이 물을 그냥 마신다고 한다. 누군가는 뼈와 근육을 튼튼하게 한다고 하고, 또 누군가는 담석이나 신장결석을 부른다고 한다. 뭐가 진실이든 확실한 건 하나, 생소한 장면 앞에서 사람은 쉽게 경계심을 품게 된다는 것.

석회수는 유럽의 음식과 문화, 건축에까지 영향을 미치고 있었다. 예컨대 유럽에서 맥주와 와인이 발달한 이유 중 하나도 바로 이 석회수 때문이다. 마시기 껄끄러운 수돗물 대신, 발효시키거나 끓여 먹는 방식이 발전한 것이다. 특히 맥주는 이뇨 작용이 있어 몸속 석회질 배출을 돕는다니, 독일이나 체코에서 맥주가 발달한 게 우연이 아니었구나 싶다.

그와 반대로 우리나라는 물이 맑고 깨끗해서 국물 요리가 발달했을지도 모른다. 국을 끓이고 쌀을 씻고 국수를 삶고 차를 우리는 문화가 자연스레 자리 잡았다. 물이 귀하고 질도 좋지 않은 서양과는 대조적인 모습이다. 결국 물이 음식의 형태를 정하고, 삶의 방식과 문화까지 좌우한다는 사실이 새삼 놀랍다.

석회수가 끼치는 영향은 생활 곳곳에서 드러난다. 유럽의 레스토랑이나 가정에는 우리나라처럼 정수기나 비데가 거의 없다. 석회질이 필터를 막아버려서 쓸 수 없기 때문이다. 게다가 이 물로 오래 머리를 감으면 머릿결이 푸석해지고 탈모까지 유발한다는데, 과학적 근거는 아직 불확실하지만, 유럽에 유난히 대머리 비율이 높은 것과 무관해 보이지 않는다.

실제로 딸아이가 독일에서 몇 년을 살다가 한국에 와 파마를 했다. 이상하게 머리가 잘 나오지 않았다. 미용사 선생님이 "시간을 평소처럼 뒀는데 이상하네요?"라며 고개를 갸웃했다. 곰곰이 생각해 보니 딸은 독일에서 줄곧 석회수로 머리를 감아왔던 것. 아마도 모발에 석회질이 쌓여 파마약이 잘 먹히지 않았던 게 아닐까. 결국 파마를 한 번 더 말아야 했다. 머리카락에도 물의 흔적이 남는다는 걸 그제야 알았다.

건축물도 마찬가지다. 유럽의 성당과 고성, 분수들은 대부분 석회암으로 지어져 있다. 우리나라의 단단한 화강암보다 부드럽고 다루기 쉬운 석회암이 많았기 때문이다. 덕분에 지금의 고풍스러운 건축물들이 가능했을 것이다. 이처럼 물은 유럽의 음식과 머리카락, 가전제품, 심지어 건축 양식까지 바꾸어 놓았다. 생각할수록 경이롭다.

하지만 석회수가 만든 아름다움도 있다. 크로아티아 플리트비체의 계단식 폭포는 석회수의 탄산칼슘과 미네랄이 빚어낸 걸작이다. 햇빛이 비치는 방향에 따라 물빛은 에메랄드에서 옥빛으로 바뀌고, 물속 나뭇가지는 투명한 유리 안에 잠긴 듯 선명했다. 헤엄치는 물고기와 자잘한 돌멩이까지 또렷하게 드러난다.

튀르키예의 파묵칼레는 하얗게 굳은 석회 테라스 위로 온천수가 흘러내린다. 맨발로 걸으면 마치 연푸른 구름 위를 걷는 듯하다.

라오스 방비엥의 블루 라군은 지하에서 솟는 천연수와 미네랄이 만나 맑디맑은 푸른색을 띤다.

물 하나로도 세상은 이렇게 다른 모습으로 발전해 왔다. 수상 도시 베네치아에선 누비기도 전에 보글거리는 석회수를 먼저 알아버렸다.

저마다의 여행지, 저마다의 자연이 속삭인다. 세상은 서로 다른 것끼리의 조화라고. 다양한 것들의 합이라고. 한 면만 보고 판단하면 안 된다고.

8

성당에서 길어 올린 노래

#로마   #산 파올로 성당

검은 수단을 입은 수사가 입을 열자, 성당 안이 성스러운 목소리로 가득 찼다. 악기 하나 없이 울리는 목소리는 인디언의 기도 같기도, 먼 북쪽의 민요 같기도 했다. 공간이 소리로 물결칠 때 나도 따라 조용히 흔들렸다. 영혼이 영혼을 부르는 소리인 듯 숨결이 숨결을 깨우는 호흡인 듯 낮고 깊고 웅장했다. 사람이 가진 원초적인 외로움에 미세한 균열을 내는 것처럼, 가늘고 애잔한 음이 그 틈으로 영적인 것을 스미게 하는 느낌이었다. 대나무밭을 스치는 바람 소리인 듯, 간절한 속삭임인 듯. 우연히 맞은 여행자의 행운이랄까? 여행은 계획에 없던 일들이 예고도 없이 들이닥쳐 무턱대고 가슴을 두드리고 적신다.

그곳은 로마 외곽. 중심에서 3킬로쯤 떨어진 '산 파올로 성당'이었다. 낯선 도시에 도착하면 늘 성당부터 찾는다. 성당은 도시의 중심이자, 길을 알려주는 나침반이기에 성당을 찾는 일은 곧 그 도시를 알아가는 첫

걸음이 된다.

  이곳은 좀 달랐다. 도심 한가운데가 아니라 비교적 한적한 외곽에 자리하고 있었다. 버스에서 내려 조용한 거리와 공원을 지나자, 성당이 모습을 드러냈다. 성당 앞에는 기념품 가게도 광장의 소음도, 북적이는 사람도 없었다. 우람한 가로수와 낮게 깔린 햇살이 드린 곳에 성당은 우뚝 서 있었다.

  성 밖의 산 파올로 대성당은 이름 그대로 로마 성벽 밖에 세워진 성당이다. 이곳은 성 바울이 순교한 장소이자 그의 무덤이 있는 곳이다. 종교가 없는 나에게도 그 역사적 무게는 깊게 다가왔다. 안으로 들어서자, 끝이 보이지 않는 주랑의 길이에 저절로 발걸음이 느려졌다. 정교한 문양과 금빛으로 빛나는 천장은 시선을 끝없이 끌어 올렸다. 80여 개의 기둥은 숲속 나무들처럼 줄지어 서 있었고, 그 사이를 걷는 동안 나는 작고 작은 존재가 되었다. 제단 후면의 반원형 모자이크는 금빛과 푸른빛이 강렬했다. 그 안에 예수의 얼굴이 있었다. 놀라울 만큼 또렷한 눈빛 앞에 서자 종교인은 아니었지만, 자연스레 경건해지고 숨소리마저 조심스러워졌다. 질서정연하게 늘어선 주랑을 노래를 들으며 걷노라니 차츰 순례자의 마음이 되었다. 화려하면서도 엄숙한 분위기, 아름다운 화음이 조용히 가슴에 내려앉았다.

노래는 저단 앞 단상에서 시작되었다. 긴 십자가 목걸이를 한 수사와 여덟 명이 내는 소리였다. 수사가 노래하면 이따금 여러 사람이 화음을 보탰다. 리허설 중인 듯했지만, 공짜로 듣기에 너무나 감미롭고 풍성했으며 그들은 더할 나위 없이 진지했다.

첫 소절이 시작되자마자 발걸음을 멈추고 말았다. 뭉근한 것이 왈칵 치솟았다. 슬픔도 기쁨도 아닌 여린 감정이었다. 소리는 천장 위로 번져 기둥과 아치 사이를 훑고 벽을 타고 내려오는가 싶더니 다시 천장으로 솟구치며 성당 안을 가득 채웠다. 어쩌면 사람과 사람이 통하는데 언어는 사소한 요소일지 모른다. 말이 통하지 않아도 우린 하나가 될 수 있다. 다른 언어를 입은 노래가 이렇게 다가올 수 있다니. 눈시울이 붉어지고 걸음이 느려졌다. 새로운 공기가 가슴을 채웠다. 웅장한 기둥과 금빛 모자이크도 그 순간의 울림 앞에서는 배경일 뿐이었다. 계획하지 않았기에 더 선명했고, 준비되지 않았기에 더 깊었다. 여행은 결국, 공간의 이동이 아니라 우연들의 합이다. 다시는 똑같이 경험할 수 없는, 사진으로 담을 수 없던 그날의 소리가 떠올리기만 하면 내 안에서 다시 울려 퍼진다.

산 파올로 성당 주랑

9

여행으로 가는 길은 늘 공사 중이야

(#프랑크푸르트 공항)

여행이 매번 축제라면 얼마나 근사할까. 현실은 예측할 수 없는 변수들로 가득하다. 가슴이 콩닥거릴 만큼 설레는 순간도 있지만, 때로는 불안해서 밥이 입으로 들어가는지 코로 들어가는지조차 모를 때도 있다. 그래서인지 여행을 마친 후 더 오래 기억에 남는 건 계획대로 마친 여행이 아니라 예고 없이 찾아온 당혹스러운 순간들이기도 하다.

중년 이후 떠난 여행들 속에서도 그런 일들은 빠지지 않았다. 코로나에 걸리기도 했고, 소매치기를 당한 적도 있었다. 풍경 좋다는 리뷰 하나만 믿고 예약한 숙소는 차로 산길을 한참 올라가야 닿을 수 있었다. 게다가 갑자기 쏟아진 우박은 하늘에서 폭탄이 떨어지는 듯해 렌터카 천장이 찌그러지진 않을까 걱정했던 기억도 있다. 그러나 여행이 거듭될수록 예기치 못한 일들에도 조금씩 너그러워졌다. 놀라고 긴장되는 건 여전하지만, '어떻게든 되겠지!' 하는 믿음이 생겼고 스스로를 다독이는 법도 배워갔다.

공항은 떠나는 설렘과 돌아왔다는 안도감이 교차하는 곳이다. 흐트러짐 없이 손님을 맞는 주인처럼, 공항은 늘 빤질빤질하고 웅장했다.

프랑스 여행을 마치고 인천행 비행기로 환승하기 위해 프랑크푸르트 공항에 도착했을 때였다. 시간이 빠듯해 게이트 번호만 좇으며 달리고 있었다. 그때 언뜻 스친 가림막을 보고 걸음을 멈췄다. 천장이 훤히 드러난 회색 철골 구조물 아래 먼지가 내려앉은 대형 천막이 있었고 그 위에 쓰인 하얀 글씨를 보았다.

"The road to success is always under construction(성공으로 가는 길은 늘 공사 중이다)*"*

무심히 지나치려던 순간, 그 문장이 운명처럼 눈에 들어왔다. 나는 급히 뒷걸음쳐 사진을 찍었다. 게이트는 아직 멀고 숨은 거칠었지만, 그 문장에 마음을 흠뻑 빼앗기고 말았다. 여행도, 인생도 어쩌면 늘 공사 중인지 모른다는 생각에 위로받는 기분이었다.

몇 해 뒤, 그 문장이 독일 드레스덴으로 향하던 공항에서 다시 떠올랐다. 나는 혼잣말처럼 단어를 바꿔 말했다.

"여행으로 가는 길은 늘 공사 중이야."

그러자 괜히 미소가 지어졌다. '엘베의 피렌체'라 불리는 도시, 문화와 예술, 건축이 조화롭게 어우러진 드레스덴으로 가는 여행이라 기대에 부풀어 있었다. 그곳으로 가기 위해 다시 프랑크푸르트 공항에서 베를린행 비행기로 갈아타야 했다. 인천에서 출발한 비행기가 예상보다 40분 일찍 도착해 잠시 여유가 있었다. 하지만 곧 '연착'이라는 안내 방송이 계속 들렸다. 처음엔 태연했지만, 시간이 흐를수록 오줌 마려운 아이처럼 시계를 자꾸 들여다보았다. 속이 점점 타들어 갔다. 예정대로라면 밤 10시 20분에 베를린 공항에 도착이었다. 문제는 렌터카였다. 대중교통이 끊기는 시간이라 드레스덴까지는 예약한 차량을 받아야만 갈 수 있었다. 렌터카 사무실은 밤 11시까지 근무했다. 연착으로 모든 일정이 꼬이기 시작했다.

베를린 공항에 도착하자마자 뛰었다. 나는 짐을 찾고 남편은 곧장 렌터카 사무실로 달려갔다. 이미 11시를 훌쩍 넘은 시간이었고, 렌터카 직원은 단호했다.

"11시가 넘어서 안 됩니다."

남편이 연착 때문이라고 사정을 설명했지만, 돌아온 답은 간단했다.

"그건 항공사에 말하세요."

비행기 연착 정보를 알고 있었을 텐데도, 그는 한 치의 예외도 없이 원칙을 고수했다. 원칙은 지켜야 할 약속이지만, 낯선 곳에서 막상 닥치고 보니 인정머리 없고 융통성 없다는 생각만 앞섰다. 결국 한참 실랑이 끝에 50유로의 추가 요금을 내고 겨우 차를 빌렸다. 남편은 감사한 마음으로 웃으며 말했다.

"그래요, 이건 당신의 30분 초과근무 수당입니다. 그럴 값은 했죠."

와! 잘 해결되었지만, 마음 한켠에 아직 긴장이 남아 있었다. 낯선 도시에 도착하자마자 맞은 작은 소동이 여행을 알리는 종소리 같았다. 늘 기도하듯 평온한 일상을 바라지만, 가끔은 예상치 못한 일이 불쑥 찾아온다. 어쩌면 삶이란, 평범함과 뜻밖의 변수 사이에서 균형을 잡아가는 일인지도 모른다. 그때 다시 그 문장이 떠올랐다.

'성공으로 가는 길은 늘 공사 중이다.'

성공으로 가는 길에 우여곡절이 필연이듯 여행도 마찬가지다. 계획대로만 흘러가지 않는다. 삐걱거리거나 막히는 순간이 찾아온다. 그 순간마다 즐길 줄 아는 것, 그것이야말로 제대로 된 '공사'다.

드레스덴 여행은 처음부터 센 걸 던져주었다. 또 어떤 일이 우리를 기다리고 있을까?

프랑크푸르트 공항 가림막

10

운하의 나라, 바람의 도시에 내려놓은 마음

(#암스테르담) (#잔세스칸스)

'운하의 나라'라는 말은 암스테르담을 가장 잘 표현한다. 그 말이 왜 이토록 자연스럽게 와닿았는지 도시에 발을 딛는 순간 알 수 있었다. 거미줄처럼 얽힌 운하와 그 사이를 잇는 다리, 물결 위에서 부서지는 햇빛과 잔잔한 흔들림. 모든 것이 흐르고 있었다. 물도, 바람도, 그리고 사람까지도.

그런 날이 있다. 누구에게 털어놓기 애매한 감정들, 이해받지 못할 것 같은 생각들, 상대보다 나와의 대화가 필요한 날. 운하를 따라 천천히 걸었다. 도시는 의외로 활기가 넘쳤다. 길게 줄을 선 프렌치프라이 가게, 꽃을 가득 실은 자전거, 야외 테이블마다 가득 찬 사람들. 어디선가 터져 나오는 웃음소리와 골목마다 흘러나오는 음악이 바람을 타고 퍼졌다. 우리는 함께, 각자의 기분으로 암스테르담을 즐겼다.

그러다 이색적인 장면을 보았다. 코끝을 스치는 냄새는 익숙한 담배

향이 아니라, 마리화나였다. 공공연히 길거리에서 피우는 사람이 있었다. 큰 유리창 안에는 헐벗은 여인들이 서 있었다. 들어본 적은 있었지만, 막상 도시 중심가에서 본 홍등가는 낯설었다. 심지어 대낮이었다. 길가엔 음식점이 즐비했고 가족 단위 관광객으로 가득했다. 아이 손을 잡은 엄마는 아무렇지 않게 그 앞을 지나갔다.

'이곳에서는 이런 풍경이 일상이구나.' 모순처럼 느껴졌다. 도시는 아무것도 감추지 않았다. 숨기지 않았고 숨으려 하지 않았다. 그 앞에서 나는, 오랫동안 조심하며 살아온 나 자신을 마주했다. 언제부터였을까. 기분 나쁜 기색도 피곤한 얼굴도 때론 기쁨조차 드러내지 않으려 애쓰며 살아왔다. 사람들 앞에서 좋은 사람이길 바랐고 적당히 감추는 게 예의라 여겼다. 어른스럽게 산다는 건 그런 거라 믿었다. 이 도시는 굳이 숨기지 않아도 괜찮다고 말하는 것 같았다. 부러웠다. 나도 그렇게 살아도 될까, 조심스럽게 생각을 두드려보았다.

도시를 조금 더 느껴보고 싶었다. 배를 탔다. 운하 크루즈는 중앙역에서 출발해 도시를 한 바퀴 도는 코스였다. 배는 조용히 물 위를 미끄러지듯 흘러갔고 내 마음도 그 흐름에 실려 떠내려가는 기분이었다. 가장 먼저 눈에 들어온 건 물 위에 떠 있는 중국 식당. 붉은색과 초록빛이 어우러진 건물은 수면 위에 놓인 작은 궁전처럼 보였다. 해적선 모양의 전시용 배는 동화책의 한 장면 같았다. 운하 옆 양로원과 학교 건물은 이 도시가 관광지가 아니라 누군가의 일상임을 알려주었다. 이 도시의 진짜 아름다움은 화려한 장면보다 담담히 이어지는 일상에 있었다. 아무도 서두르지 않았다. 바람은 천천히 불었고 시간은 물 위에서 느리게 흘러갔다. 배는 흘러가고 나는 멈췄다.

도시의 물결을 따라 흘러가던 마음은, 어느새 바람 부는 마을로 향하고 있었다. '잔세스칸스'.

풍차와 튤립의 도시. 강을 따라 늘어선 풍차들과 맞은편 푸른 초원은 동화 『플란다스의 개』를 연상시켰다. 눈 닿는 곳마다 엽서 같고 그림 같은 곳이었다. 그러나 그 고요 속에는 바람과 싸운 사람들의 역사가 담겨 있었다. 네덜란드는 땅의 4분의 1이 바다보다 낮다. 바람 없이는 살 수 없고 바람을 견디지 않으면 역시 살 수 없다. 풍차는 그사이 어디쯤에서 사람을 살렸다. 바닷물을 퍼내고, 곡식을 빻고, 삶의 무게를 천천히 돌려주었다.

풍차를 향해 걷다 우리는 키 큰 청년을 발견했다. 밀짚모자에 하얀 스웨터, 수레 위 가판대에서 초콜릿을 팔고 있던 청년.

"멋지다."

딸과 나는 동시에 말했다. 바람에 모자가 날아가도 개의치 않았고 우리는 그의 여유를 부러워하며 웃었다.

돌아오는 길, 다리를 건너려는 찰나, 빨강과 흰색의 차단 바가 우리를 가로막았다. 도개교가 천천히 올라가고 커다란 배가 물살을 가르며 지나갔다. 다리는 기지개를 켜듯 멈추었고, 사람들도 멈추어 진풍경을 구경했다. 그 시간이 좋았다. 모자가 날아가도 당황하지 않고 뱃길을 여닫음에 성급하지 않았다. 여기에선 사람과 바람이 시간과 함께 쉬어가는 듯했다.

우리는 걷다가 멈추기를 반복했다. 무언가를 놓아 보내듯, 흔들림을 받아들이듯, 돌아보면 이 여정은 어디론가 나아가기보다 꼭 쥐고 있던 마음 하나 내려놓는 연습이었는지도 모른다. 아프지 않은 척, 잘 버티는 척하던 나. 그런 날엔 흐르는 대로 두어도 괜찮다는 걸 배우는 날이었다. 흔들렸고, 멈췄고, 그러다 다시 걸었다. 삶도 그래야 한다고 생각하면서.

마음을 여는 첫 질문들

나를 만나기 위한 조용한 질문 노트

여행은 때로 목적지가 아니라 나에게 닿기 위한 통로가 됩니다. 이 페이지는 자신에게 잠시 귀를 기울여 보는 작은 시간으로 마련했습니다. 길게 쓰지 않으셔도 괜찮습니다. 떠오르는 대로 지금 마음이 허락하는 만큼만 적어보세요.

Q   요즘 나를 가장 힘들게 했던 감정은 무엇인가요?

_____

Q   몸이 보내던 신호 중 가장 먼저 떠오르는 것은 무엇인가요?

_____

Q   떠나고 싶다는 마음은 언제 가장 크게 찾아왔나요?

_____

Q 지금의 나에게 가장 필요한 '쉼'은 무엇이라고 느끼시나요?

_____

Q 어떤 풍경을 보고 한 번이라도 미소 지은 적 있었나요?

_____

느슨해진 마음이
바라본 풍경들

#독일 #네덜란드 #벨기에 #이탈리아 #프랑스

#스페인 #오스트리아 #슬로베니아 #캐나다

속도를 늦추자 풍경이 달라졌다.

놓아야 보이는 것들, 붙잡지 않아도 충분했던 마음이

그제야 눈에 들어왔다.

1

두고 간 열쇠, 놓아주는 마음

#독일의 한 도시   #현관 앞에서

아이를 공항에서 배웅하고 돌아와 빈방을 청소하는 중이었다. 딸의 백팩을 들자 짤랑거리는 소리가 났다. 앞쪽 지퍼를 여는 순간, 심장이 멎는 줄 알았다. 독일 방 열쇠와 현관, 우체통 열쇠가 함께 꽂힌 열쇠고리가 들어 있었다. 메고 왔던 가방 대신, 생일 선물로 받은 하얀 백팩을 메고 간 게 화근이었다.

"어쩌면 좋을까. 늦은 시간에 도착해 열쇠가 없는 걸 알면 얼마나 놀랄까?"

"독일은 근무 시간을 칼같이 지킨다고들 하던데 그 밤에 열쇠공을 부를 수 있을까?"

걱정이 쓰나미처럼 몰려왔다. 심장은 쿵쾅거렸고 머릿속은 이미 최악의 장면으로 채워졌다. 깊은 밤 공항 대합실에서 발을 동동 구르면? 아이가 밤새 현관 앞에 서 있는다면? 열쇠공이 오지 않는다면? 낯선 도시 한복판에서 얼마나 무서울까? 불안은 꼬리를 물고 번졌고 어느 순간 엉

뚱한 분노가 치밀었다.

"선진국이라면서 왜 아직도 열쇠를 쓰는 거야? 번호 키 하나면 될걸, 참 알다가도 모르겠네."

독일의 공동주택은 까다롭다. 딸처럼 열쇠를 두고 간 것이 아니라 분실이라면 상황은 훨씬 복잡해진다. 자기 방은 물론 공동 현관 열쇠까지 모두 교체해야 한다고 했다. 보통 일이 아니었다. 교체 비용도 한국보다 훨씬 비싸다.

아이가 유학 가던 해, 남편과 함께 독일과 남프랑스를 2주간 여행했다. 남편은 먼저 귀국했고 나는 그곳에 남아 딸과 한 달을 보냈다. 손바닥만 한 공간이었지만 준비할 것은 많았다. 생활에 필요한 소소한 물건들을 사서 정리하고 간단한 반찬 만드는 법도 알려주며, 외국 생활을 시작하는 딸 곁을 지켰다.

그때도 문제는 열쇠였다. 열쇠를 챙기는 습관이 없던 나는 무심코 방을 나서기 일쑤여서 딸이 늘 챙겨 주곤 했다. 결국 문손잡이에 작은 가방을 걸어 열쇠를 넣어 두었다. 외출할 때 한눈에 보이도록.

열쇠를 두고 간 딸 걱정에 종일 미꾸라지에 소금을 뿌린 듯 안절부절못했다. 드디어 전화가 왔다. 딸은 담담했다. 근처에 사는 한국인 언니는 세탁기가 없어 딸 집에서 빨래하곤 했단다. 딸은 자신이 집에 없는 동안에도 세탁기를 쓰라며 언니에게 여분의 열쇠를 맡겨두었고, 덕분에 문제없이 방에 들어갈 수 있었다고 했다.

독일이 번호 키 대신 열쇠를 쓰고 카드보다 현금을 선호하는 이유는 잘 이해되지 않았다. (물론 코로나 이후 카드 사용이 많이 늘었다고는 한다.) 속도와 편리함에 익숙한 우리로서는 더 답답하게 느껴졌다. 처음 독일에서 한 달을 보낼 때만 해도 이런 환경이 몹시 불편했다. 외출할 때마다 열쇠를 챙기는 일이 번거로워 스트레스였다. 하지만 시간이 흐르자 느림과 불편함에 자연스레 익숙해졌고 어느새 그것을 느긋하게 받아들이는 마음도 생겼다. 그렇게 차츰 그 안에 담긴 그들만의 고집과 의미도 이해하게 되었다.

그들의 고집은 오래된 건축물을 보존하고 전통 생활 방식을 유지하려는 태도에서 나온 것 같았다. 속도를 늦추는 것이 아니라, 삶의 리듬을 지키려는 일종의 신념처럼 느껴졌다. 마트 계산대에 줄을 설 때면 그런 분위기가 더욱 또렷했다. 속도보다는 질서, 편리함보다는 안정감을 중시하는 문화. 계산하는 직원도 서두르지 않았고 기다리는 사람들 역시 조급해하지 않았다. 누구도 불평하지 않았고 한숨 쉬지 않았다. 유일하게 한국에서 온 나만 급해 보였다.

느림은 속도의 문제가 아니라 시간을 존중하고 삶의 방식을 지키려는 태도였다. 어쩌면 어릴 적부터 이어진 근검절약의 습관 때문일지도 모른다. 초등학교 때 선생님 말씀이 불쑥 떠올랐다.

"독일 사람들은 담배를 필 때도 다섯이 모여야 성냥을 켠다더라."

그 말은 오랫동안 '독일인은 철저한 절약가'라는 굳은 선입견으로 내 안에 자리했다.

옷차림에서도 비슷한 인상을 받았다. 화려한 장식보다 실용성과 단순함을 더 중시하는 모습이었다. 마치 미사여구를 뺀 문장처럼 그들의 옷은 기능에 충실했고 삶의 효율성과 맞닿아 있는 듯했다. 그러니 열쇠를 고집하는 것도 같은 맥락일지 모른다. 실용성과 절약, 그리고 시간을 존중하는 태도이다. 빠르고 편리한 길 대신 오래된 것을 유지하려는 그들의 철학이다.

딸이 두고 간 열쇠를 바라보며 한참을 앉아 있었다. 새로운 문화 속에서 새로운 길을 가는 딸이 마냥 어린애로 보이지 않았다. 이제는 딸에게 열쇠를 쥐여 주는 사람이 아니라 딸이 열어갈 문을 바라보면 될 것 같다.

방 청소나 하자. 나만 잘하면 된다.

2

트램에서 배운 나의 속도

#움직임이 교차하는 자리

독일에서 처음 트램을 탔을 때 가장 놀라웠던 건, 사람을 통제하지 않는다는 점이었다. 개찰구도 없고 티켓을 확인하는 직원도 없었다. 승객들은 조용히 타서 스스로 기계에 티켓을 찍었다. 아무도 감시하지 않았고 자연스럽게 타고 내렸다. 규칙은 이 도시에 스며들어 있었고, 시스템은 흔들림 없이 돌아갔다. 트램은 그 위에서 조용히 사람들을 실어 나르고 있었다.

암스테르담의 시내 거리에는 트램, 자전거, 자동차, 보행자가 뒤섞여 있었다. 티켓은 미리 사서 안에서 기계에 스캔해야 했다. 중간 객차에는 둥근 데스크에 직원이 앉아 있기도 했고 사람들은 앞문과 뒷문을 자유롭게 이용했다.

중앙역 앞 정류소에서 우리는 트램을 타려 했다. 앞문으로 올라서려는 순간, 기사가 무언가 말했지만 알아들을 수 없었다. 눈치 빠른 딸은 곧장 뒷문으로 향했다. 트렁크를 들고 탈 땐 뒷문을 이용해야 한다는 걸 나중에 알았다.

인파 속에서 이리저리 밀리며 겨우 트램에 올라탔는데, 아뿔싸! 딸이 보이지 않았다. 낯선 곳에서 딸을 잃어버리다니. 상상은 했지만, 우리 일이 될 줄 몰랐다. 얼른 전화를 걸었더니 사람들에게 떠밀려 타지 못했다는 것이다. 우리는 다음 정류장에 내려 딸을 기다렸다. 당황스러웠지만 이상하게도 긴장이나 조급함은 없었다. 정류장에서 딸을 기다리는 동안에도 트램은 일정한 속도로 지나다녔다. 자전거와 자동차, 보행자 역시 서두르지 않았다. 각자 속도를 조절하며 흐르고 딸이 탄 트램도 곧이어 도착했다. 도시 전체가 조화롭게 천천히 움직인다는 생각이 들었다.

암스테르담은 정해놓은 틀은 있었지만, 그 안에서 각각의 속도로 움직일 수 있게 되어 있었다. 규칙은 분명했지만, 정답은 하나가 아니었다. 서두르지 않아도 뒤처졌다는 느낌이 들지 않고, 잠시 엇갈려도 다시 만날 수 있는 도시였다. 조금 느슨하지만 자연스럽게 작동하는 질서가 사람들을 여유 있게 만드는 것 같았다. 딸을 놓쳐도 호들갑 떨지 않을 만큼 말이다.

그날 이후, 나는 남들이 정해 둔 속도에 맞추기보다, 내가 숨 쉴 수 있는 속도를 생각해 보기 시작했다.

벨기에 브뤼셀의 트램은 또 조금 달랐다. 암스테르담과는 달리, 이곳은 긴장감이 돌았다. 정류장에 섰을 때, 앞문과 뒷문에는 체격이 큰 경찰들이 서 있었다. 트램이 멈추자마자 그들은 문을 막아서며 승객의 티켓을 확인했다. 무작위 단속처럼 보였다. 몇몇 승객은 트램에서 내려 무표정하게 벌금 고지서를 받았다. 그들의 얼굴엔 순식간에 그늘이 드리워졌다. 그 장면을 사진으로 남기고 싶었지만, 경찰의 위압적인 분위기에 눌려 소심하게 뒷모습만 찍었다. 이곳은 자유 속에서도 긴장을 놓을 수 없는 분위기였다.

트램 안에는 티켓 체크 기계가 있지만, 이를 찍는 사람은 의외로 드물었다. 정기권을 가진 사람, 단속이 없기를 기대하는 승객이 섞인 것 같았다. 암스테르담이 조화와 흐름 속에 질서를 품었다면, 브뤼셀은 경계와 개입을 통해 질서를 지켜내는 도시였다.

내가 경험한 세 나라는 저마다 다른 방식으로 질서를 유지하고 있었다. 독일은 조용한 책임감으로, 네덜란드는 자유와 여유로, 벨기에는 단호한 개입으로.

트램은 이동 수단을 넘어 한 나라의 질서와 가치, 사람을 대하는 태도를 비추는 작은 무대였다. 법이 사회 분위기나 사람을 얼마나 다르게 만드는지를 눈으로 볼 수 있는 무대 말이다. 트램은 다시 출발했다. 여행도 다시 시작되었다. 목적지만큼이나 중요한 게 여정이란 걸 길 위에서 배운다.

3

오래된 길, 나의 걸음을 마주하다

#로마 #아피아 가도

로마의 오래된 길, 아피아 가도를 걷는다. 시간의 무게와 권력의 흔적이 쌓인 돌길 위에서 2,000여 년 전의 숨결을 상상해 본다. 구불구불하고 풀이 무성한 좁은 길을 떠올렸다. 관리조차 되지 않은 채, 과거의 영광만 희미하게 남아 있을 거로 생각했다.

햇살이 고요히 내려앉은 날이었다. 길게 이어진 돌길은 묵묵히 시간을 견디고 길 양옆에는 늠름한 소나무들이 줄지어 서 있었다. 이 길이 처음 놓일 때부터 저 나무들은 함께 있었을까? 그 시간을 다 지켜봤을까? 돌길 위에 서고 보니 나도 잠시 역사의 일부가 된 듯했다.

발아래에는 큰 돌들이 평평하게 깔려 있고 그 위로 햇살이 부서졌다. 돌 틈 사이에는 말발굽과 마차, 그리고 수많은 발자국이 켜켜이 겹쳐 있었다. 굽은 길이 아니라 끝이 보이지 않을 정도로 곧게 뻗어 있었다. 지금 나는 그 길 위를 걷고 있다. 과거와 현재, 죽은 자와 산 자가 함께 걷는 길 위에. 시간을 잇는 사람이 되어 발걸음을 옮겼다.

아피아 가도. 로마 제국의 가장 오래된 길. '모든 길은 로마로 통한다.' 그 말이 태어난 길이다. 이 길이 여전히 단단하게 남아 있는 것은 우연이 아니었다. 긴 시간을 내다본 이들의 안목이 깃들어 있었다. 뉴스에서 본 불쑥 꺼지는 싱크홀을 떠올리면, 아피아 가도는 감탄 그 이상이다. 그것은 빠르게 가기 위한 길이 아니라, 무너지지 않고 오래 버티는 길을 만들겠다는 로마인의 집념이다.

먼저 크기와 강도가 다른 자갈과 모래를 깔고 점토를 층층이 다져 올렸다. 맨 위에 단단한 돌을 평평하게 깔았다. 배수를 위해 중앙을 약간 높이고 수레바퀴가 길을 망가뜨리지 않도록 돌 사이 간격까지 계산해 설계했다. 그 길 위로 황제의 명령과 병사의 행군, 물자를 실은 마차와 유배자의 고통이 흘러갔다.

길 초입에는 다양한 크기와 형태의 무덤들이 줄지어 있었다. 이름이 새겨진 웅장한 석관, 벽이 무너져 비스듬히 누운 이름 없는 무덤, 무성한 풀잎 사이로 고개를 내민 작은 비석까지 한 줄로 이어졌다. 이들은 산속 깊은 곳이 아니라 사람들 사이, 길가에서 지나가는 이들을 지켜보는 듯했다. 마치 오래된 주소가 적힌 집 앞을 죽은 자의 눈길을 느끼며 지나는 기분이었다. 그 길 위에 유모차를 밀며 걷는 부부, 자전거를 타는 연인, 조깅하는 사람, 우리처럼 천천히 걷는 관광객들이 있었다. 무거운 역사 속에 죽음과 일상이 공존했다. 죽음이 끝이 아니라고 말하는 듯했다. 나는 그 길을 걸으며 내 작은 제국을 돌아보았다.

내 안의 로마는 무엇일까?

뭉근한 온기로 애정이 흐르던 가족, 부끄럽고 때로는 무너뜨리고 싶었던 자존심, 그 위에 겹겹이 쌓인 관계들. 힘든 시간을 버티며 다시 일어섰던 기억들.

아이들이 세상의 풍파에 덜 다치길 바라는 마음, 삶의 거센 파도에 안간힘을 다했던 시간. 아이를 재우며 조용히 올렸던 기도와 남몰래 흘린 눈물, 아무도 알아주지 않는 작은 일상. 그것이 지켜낸 나의 영토. 내가 걸어온 길이었다.

내 안의 로마는 걸음걸음이 차곡차곡 쌓여 만든 작은 길이었다. 언젠가 아이들이 내가 만든 길을 따라 걷다가 그 위에 쌓인 시간을 한 번쯤 떠올려 주었으면 한다. 로마의 아피아 가도처럼 거창한 길은 아니지만, 오래 버티는 돌처럼, 흔들리지 않는 소나무 뿌리처럼, 꿋꿋이 살아왔음을 알아줬으면 좋겠다.

오래된 길 위에서, 나는 내가 걸어온 시간을 담담히 마주했다.

아피아 가도

4

물 위에 세운 흔들리는 문장 하나

#베네치아

물이 길이 되고 길이 삶이 되는 도시.

산 마르코 광장의 대성당과 두칼레 궁전, 리알토 다리까지, 모든 것이 물과 어우러져 매일 여행자를 불러 모았다. 수면을 부드럽게 가르는 곤돌라, 돌 틈 사이로 스며드는 바닷물 냄새, 다리를 건널 때마다 스며드는 젖은 공기. 오래 그리던 도시, 드디어 베네치아에 왔다.

잔잔한 운하와 골목으로 이어지는 바닷길. 이곳이 수천 개의 말뚝을 박아 만든 물 위의 도시라는 사실을 알고 놀라지 않을 수 없었다. 바닷물에 닿아 돌은 무르고 소금기 어린 공기에 벽은 갈라졌다. 사람들은 이곳을 떠나는 대신 고치고 덧대며 끝내 도시를 지켜냈다.

금박 가면과 깃털 장식의 화려한 카니발처럼, 베네치아는 눈부시다. 하지만 그 뒤에는 침수된 방에서 물을 퍼내고 썩은 목재를 갈아 끼우며, 전염병과 싸운 사람들이 있다. 내가 걷는 이 길도 그들의 인내 위에 놓여 있는 것일지 모른다.

　베네치아는 5세기경, 외부 침략을 피해 사람들이 바다와 갯벌이 맞닿은 석호 안으로 피신하면서 시작되었다고 한다. 그곳은 바닷물이 드나드는 얕은 갯벌과 습지가 이어진 땅이었다. 거기에 수많은 말뚝을 박고, 나무판자와 돌을 얹어 하나씩 집을 지어 올렸다. 처음부터 지금처럼 화려했을 리 없다. 불안한 마음으로 쌓아 올린 초라한 집이었을 것이다. 긴 세월 동안 간절함이 쌓이며 도시는 천천히 단단해졌고 마침내 찬란히 거듭났다. 그런 면에서 베네치아는 상처를 품은 도시라고 할 수 있다. 그 상처로 도시는 빛난다.

　상처투성인 내 글쓰기도 마찬가지다. 코로나 전까지는 일기 외에는 거의 글을 쓰지 못했다. 코로나가 시작되자, 친구의 권유로 온라인 글쓰기 모임에 발을 들였다. 다들 작가처럼 유려한 글을 써 내려가는 가운데 나만 유치원생이 된 듯 초라해 보였다. 내가 있을 곳이 아닌 것 같다는 생각에 주눅 들기도 했다. 이걸 계속해야 할지 자주 고민했다. 하지만 재능보다 꾸준함이라는 말을 믿으며 100일 글쓰기를 연거푸 이어갔다. 글의 양과 시간을 조금씩 늘려 가며 지루함을 견뎠다. 그러던 어느 날, 누군가가 말했다.

　"글이 따뜻해서 위로가 돼요."

그 한마디에 정작 위로를 받은 사람은 나였다. 쓰는 사람을 위로해 주는 건 읽는 사람이어서 그날 나는 처음으로 말뚝 하나를 제대로 박아 본 기분이었다. 화려한 도시가 말뚝 하나에서 시작되었듯, 내 글쓰기도 작은 말뚝 하나에서 시작되었다. 내가 쓰는 문장이, 이 짧은 문단이 언젠가 누군가에게 조용한 위로가 되어주기를, 내가 쓰는 글이 누군가에게 햇살이 될 수 있기를, 결국엔 단단한 베네치아가 될 수 있기를 바라며.

누구의 삶도 겉으로 보이는 풍경만으로는 다 알 수는 없다. 인스타그램 속 웃음이 전부가 아니다. 산 마르코 광장을 메운 사람들의 웃음, 운하를 흐르는 곤돌라, 햇살에 반짝이는 리알토 다리 모두 그 아래 묵묵히 박힌 말뚝들이 지탱해 주는 덕분이다. 화려함 속에는 보이지 않는 수많은 말뚝이 있었다.

내 글쓰기도, 우리네 삶도 모두 작은 것들에서 시작된다는 걸 이제야 알게 된다. 작은 것들이 모여 덩어리가 되고, 불안과 실패 다음에야 비로소 희망이 찾아온다는 걸. 긴 갱년기를 지나 먼 베네치아에 와서야.

베네치아

5

아우토반, 빠름보다 중요한 것

#남의 차선을 본 순간

"비교는 불행으로 가는 빠른 길이다."

누구나 한 번쯤 들어봤을 말이다. 하지만 살아보면 비교의 늪은 뜻밖의 순간에 불쑥 모습을 드러낸다. 남편과 함께 독일 아우토반을 달리던 어느 날, 나는 이 말의 의미를 다르게 느꼈다. 문제는 비교가 아니라, 비교를 바라보는 반응이었다. 같은 장면도 어떻게 보느냐에 따라 완전히 다른 풍경으로 다가온다는 사실을 깨달았다.

독일의 상징인 아우토반은 속도 제한이 없는 구간으로 유명하다. 전체 길이는 약 13,000킬로에 달하지만, 일부 구간에는 제한 속도가 있다. 무제한 구간은 안전을 위해서 더 높은 수준의 도로 설계와 철저한 관리가 요구된다. 노면은 매끄럽게 정비되어 있지만, 모든 구간이 시원하게 뚫려 있는 것은 아니다. 막히는 곳도 있었고 공사 중이라 속도를 줄여야 하는 순간도 있었다. 운전자는 자연스럽게 예절과 규칙을 지킨다. 갓

길은 침범하지 않고 1차선은 오직 추월할 때만 사용한다. 속도를 즐기기 위해 질서가 중요한 도로이다.

드디어 남편이 숙원이었던 아우토반에 올랐다. 남편은 마치 꼬마 아이가 장난감 자동차를 가지고 놀 듯 신나게 달리기 시작했다. 계기판이 200킬로를 넘기는 순간, 나는 머리 위 손잡이를 두 손으로 꽉 움켜쥐었다. 주변 차들이 번개처럼 스쳐 지나가는 걸 보니 마치 브레이크 없는 레이싱카에 탄 것 같았다. 한참을 신나게 달리던 남편이 힘들다며 속도를 낮추자 그제야 마음이 놓였다. 손잡이에서 손이 저절로 풀렸고 비로소 차창 밖 풍경이 눈에 들어왔다. 옆 차들이 여전히 빠르게 달리자, 우리 차는 기어가는 듯 느리게만 느껴졌다.

"우리 지금 몇 킬로야?"

"145킬로."

결코 느린 속도가 아니었지만, 다른 차들과 비교하니 우리가 느리게 달리는 것 같았다. 비교, 우리는 얼마나 많은 걸 비교하고 사는지. 내 속도대로 달리면 되는걸, 남을 쳐다보고 남과 같아지려 하고, 앞서가려 하고 뒤처지면 불안해하고 좌와 우를 비교하며 불안을 키우며 산다.

세계에서 가장 행복한 나라로 알려졌던 부탄의 행복 지수가 크게 떨어졌다는 기사를 읽었다. 행복 지수에는 소득, 자유, 신뢰, 기대수명, 사회적 지원, 관대함 등을 기준으로 순위를 매긴다고 한다. 부탄의 순위가 낮아진 이유는 다양하겠지만, 2015년 부탄 총리 '미트 더 프레스' 인터뷰에서 그 단서를 찾을 수 있었다.

"우리는 우리 자신을 매우 행복한 사람으로 보여주고 싶지만, 세계화와 소셜 미디어 시대에는 그렇지 못하다."

인터넷과 SNS가 빠르게 퍼지면서 부탄 사람들도 다른 나라 사람을 보기 시작했다. 그전까지는 미처 느끼지 못했던 상대적 빈곤을 알게 된 것이다.

나도 비슷한 경험을 했다. 2020년에 주식을 시작하고 아들이 알려준 주식 카페에 가입했다. 주식에 대해 아무것도 몰랐기에 주로 다른 사람들의 글을 읽었다. 젊은 회원들의 분석력과 정보력에 감탄했고 카페에 대한 만족도도 높았다. '저들은 젊으니까 저렇게 잘하는 거야.' 하며 감사한 마음으로 정보를 익혔다.

그러던 어느 날 캐나다에 사는 한 여인이 눈에 들어왔다. 전문성이 느껴지는 글을 꾸준히 올리고, 다른 사람의 글에도 늘 종목에 맞는 적절한 코멘트를 남겼다. 얼굴도 모르는 분이었지만 멋진 분이라 생각했다. 카페에서는 이름과 사는 곳, 나이를 공개하게 되어 있었는데, 그녀가 나랑 동갑이라는 걸 나중에야 알게 되었다. 그 순간 '젊으니까 가능한 거야.'라며 애써 눌러둔 마음이 순식간에 무너졌다.

'나는 여태 뭘 하고 살아온 걸까?'

'그녀와 비교하면 나는 도대체 뭔가?'

비교와 자책이 파고들었다.

비교가 삶의 즐거움을 앗아가고 불행으로 이끈다는 사실은 부인하기 어렵다. 때로는 성장의 동력이 되고 새로운 도전으로 이어지기도 하지만 대부분은 나를 초라하게 만든다. 누군가는 조금 먼저 달렸고, 누군가는 아직 출발선에 서 있는 건지도 모르는데 말이다. 아우토반의 차들처럼 우리는 저마다의 속도가 있다. 중요한 건 누가 더 빠르냐가 아니라, 어디를 향하느냐이다.

옆 차선 차들 속도가 아니라 내 속도를 보자. 느려 보여도 때로는 그게 정답일 수도 있다. 비교는 정답도, 지름길도 될 수 없다. 다만, 비교는 불행으로 가는 가장 빠른 길임은 확실해 보인다.

6

당신의 서사는 무엇으로 기록될까

(#베를린 장벽) (#바스티유 광장) (#팔라티노 언덕)

　흔한 말로, '역사적 의미가 깊은 곳'에 가서 실망한 적이 많았다. 파리의 바스티유 광장이 그랬다. 프랑스 대혁명의 시작점이라 해서 기대했으나 광장 한가운데 54미터짜리 기념 기둥 하나만이 덩그러니 서 있었다. 베를린 장벽도 비슷했다. 세계사를 뒤흔든 상징이라 거대한 벽이 일부라도 남아 있을 줄 알았다. 실제로는 작은 검문소 하나가 전부였다. 로마의 팔라티노 언덕에서는 로마 제국의 위엄보다는 풀과 돌무더기 사이를 걷는 기분이었다. 하지만, 이 세 장소에서 떠올린 건 겉모습이 아니라 역사가 남긴 이야기들이었다. 외형은 시간이 앗아가 생각보다 초라했지만, 서사는 사라지지 않고 사람들 마음속에 살아 있었다.

　바스티유 감옥은 없었다. 1789년 7월 14일, 혁명의 불꽃을 일으켰던 감옥은 철거되고 원형 광장만 남아 마치 막을 내린 무대 같았다. 광장 한가운데엔 청동빛 기둥 하나가 하늘을 향해 뻗어 있었고 주위로 수많은 차량이 쉼 없이 오갔다. 도로 옆에는 오페라 바스티유 극장과 시장, 지하철역이 있었다. 그때의 함성은 감옥과 함께 사라지고 자유를 위해 싸운 이들의 흔적만 남은 곳. 누군가 목숨을 걸었던 자리가 이제는 평범한 광장이 되었다는 사실에 괜스레 발걸음이 무거웠다.

베를린 장벽도 기대가 컸다. 냉전의 한복판을 가르던 그 장벽이 그대로 서 있을 거로 생각했다. 세계를 둘로 가르고 수많은 탈출 시도와 희생을 낳던 벽이니, 위압적일 것이라 상상했다. 하지만 그 자리에 남아 있는 건 초소 하나와 모래주머니뿐이었다. 초소 위엔 미국 국기가 휘날렸고 주변에는 장벽 조각을 파는 기념품 가게들이 줄지어 있었다. 세계사를 뒤흔든 현장이 초라한 흔적으로만 남았으니, 역사 속으로 사라진 영혼들은 어디서 만날 수 있을까? 분단의 아픔을 가진 이들의 상처는 얼마나 아물었을까? 무엇이 이들을 위로해 줄 수 있을까? 나는 무엇을 보려고 여기에 왔을까? 역사 속으로 사라진 장벽, 총성도 함성도 없이 기억만 남은 전쟁터가 관광객을 기다리고 있었다.

물론 장벽의 일부는 지금도 '이스트사이드 갤러리'라는 이름으로 남아 있다. 1.3킬로 길이의 벽에는 세계 예술가들이 자유와 평화를 주제로 그린 벽화들이 이어져 있다. 그 앞에 서니 얼핏 콘크리트 안에 스민 긴장과 고통이 느껴지는 듯했다. 물리적인 장벽은 사라졌지만, 시대가 남긴 두려움과 무력감은 철옹성이 되어 남아 있었다.

로마 팔라티노 언덕은 세 곳 중에서도 유독 시간이 멈춘 듯한 곳이었다. 로마 건국 신화의 무대, 로물루스가 로마의 첫 왕이 되었다는 전설이 깃든 곳이다. 언덕에 오르면 궁전과 저택의 유물을 볼 수 있을 줄 알았으나, 정작 눈 앞에 펼쳐진 것은 빛바랜 황토색 벽돌과 부서진 대리석, 힘없이 누워 있는 기둥뿐이어서 마치 야외 박물관에 온 것 같았다. 풀은 제국의 흥망을 덮으려는 듯 기둥 사이로 자라고 로마 제국의 위세는 바람 속으로 사라진 지 오래였다.

언덕 위에서 포로 로마노를 내려다보니, 이곳이 한때 제국의 심장이었다는 사실이 믿기지 않았다. 하늘과 소나무, 무너진 기둥이 조용히 그 시대를 위로했고, 나는 오래 서 웅장했을 그때를 상상할 뿐이었다. 누군가는 왕이 되었고, 또 누군가는 황제의 야망과 음모로 목숨을 잃었겠지. 형체는 허물어졌으나 로물루스의 전설이 깃든 이곳은, 죽었으나 죽지 않은 그들 혼이 우리를 이곳으로 불러 모으는 것이 아닐까 하는 생각이 들었다.

우리는 겉모습에 얼마나 많은 에너지를 쏟고 있을까. 시간이 흐르면 우리도 바스티유의 감옥처럼 사라지고, 베를린의 장벽처럼 조각만 남으며, 팔라티노의 궁전처럼 기억 속으로 사라질 것이다. 그 생각에 잠시 멈춰 섰다. 겉은 무너져도, 결국 남는 건 한 사람의 서사일 것이다.

세 장소는 같은 이야기를 건네는 듯했다. 시간이 지나면 외형은 무너지고 그 자리에 든 이야기만 남는다. 시간은 벽을 허물고, 기억은 이야기를 남긴다.

"사람들이 기대하는 것은 당신만의 서사입니다." 이 거대한 역사와 자연 앞에 나는 무엇을 남길 수 있을까? 마인드 마이너 송길영의 말이 생각난다.

로마 팔라티노 언덕

베를린 장벽 자리에 있는 초소

7

키스를 부르는 도시

#빈 구스타프 클림트   #본 베토벤   #바르셀로나 가우디

빈 거리를 걷다 황금빛 포스터 앞에 멈춰 섰다. 길을 막아선 것은 구스타프 클림트의 〈키스〉였다. 익숙한 그림이 미술관이 아니라 카페 벽과 기념품 가판대, 머그잔 한쪽, 심지어 행인들의 티셔츠까지 채우고 있었다. 그림이 도시를 장식한 것이 아니라 오히려 도시가 그림의 일부가 된 것 같았다.

도시를 기억나게 하는 것은 오래된 건물이나 유명한 관광지뿐만 아니라, 그곳에 살았던 사람들의 삶과 흔적 때문일 수도 있다. 오스트리아는 클림트를 잊지 않았기에 클림트는 빈의 풍경이 되었다. 독일 본에서는 베토벤을 만났다. 소박한 도시 속에 그의 이름은 요란스럽지 않게 곳곳에 살아 있었다. 생가, 동상, 광장 등. 도시는 그의 침묵을 기억하고 있었다. 스페인 바르셀로나는 한 예술가의 손으로 빚어진 도시 같았다. 안토니오 가우디의 건축물들이 도시의 얼굴이자 뼈대였다. 마치 그가 어던가에서 이 도시를 짓고 있는 듯했다.

빈은 단정한 도시였다. 건물에는 품격이 배어 있었다. 클림트의 〈키스〉를 마주한 뒤로 빈은 내게 황금빛 도시로 기억되었다. 예술가 한 사람이 도시의 분위기를 만들 수도 있다는 걸 알았다.

벨베데레 궁전 상궁의 전시실을 따라 걷다 보니 클림트의 그림이 생각보다 많았다. 익숙한 황금빛 인물화들뿐 아니라 꽃과 나무가 어우러진 서정적인 풍경화들도 있었다. '희대의 반항아'로 알려진 그가 관능미 외에 이런 자연을 그렸다는 사실은 뜻밖이었다.

차분한 조명 아래 놓인 〈키스〉 앞에는 사람들이 많았다. 작품은 생각보다 훨씬 컸다. 남자가 여성의 머리를 끌어안고 여성은 남성의 목에 오른손을 두르고 있다. 남자가 입은 의상은 네모 무늬가 반복되는 데 비해 여성이 입은 옷에는 동그라미가 반복된다. 남성성과 여성성을 상징적으로 표현한 걸까? 무릎을 꿇은 여성의 아래에는 갖가지 꽃과 초록 식물이 있어 에덴동산이 떠올랐다. 실제로 그림에는 금을 사용했다는데, 정열과 영원한 사랑을 표현하고자 했던 걸까? 거기에 검은 프레임을 입혀 금빛을 더욱 돋보이게 했다. 이 그림이 온 도시에 걸려 있다. 사랑할 수밖에 없는 도시다. 예술가 한 사람의 힘이다.

본에 라인강이 없다면 도시는 정말 심심했을 것이다. 도시의 거리엔

아기자기함과 웅장함이라곤 없었다. 조용하고 밋밋한 도시라 느껴질 즈음, 한 사람을 마주했다.

뮌스터 성당 앞에 루트비히 판 베토벤의 동상이 우뚝 서 있었다. 펜과 악보를 쥔 청동 손, 앞을 응시하는 얼굴은 한참 무언가에 집중해 있는 표정이었다. 가게마다 그의 동상이 눈에 띄었다. 풍성한 곱슬머리, 깊은 눈매와 다문 입. 더블 재킷 차림, 바지 주머니에 손을 넣은 단단한 자세는 고전적 위엄과 고집, 그리고 확신에 찬 내면을 보여주는 듯했다.

베토벤은 서른이 되기 전에 청력을 잃기 시작했다. 사람들은 그가 더는 작곡하지 못할 거로 생각했지만, 오히려 대표작들은 바로 이 시기에 태어났다. 그는 소리를 듣는 사람이 아니라, 소리를 창조하는 사람이었나 보다. 소리 없이 그는 〈비창〉을 토했고 〈월광〉을 보았다.

바르셀로나는 곧 가우디의 도시였다. 한 사람의 머릿속에서 자라난 도시. 구엘 공원의 기하학적 모자이크 의자, 파도치는 카사 바트요의 외벽, 용의 등을 닮은 카사 밀라의 지붕 등 건물들은 유기체처럼 살아 있었다. 하늘을 향해 자라는 사그라다 파밀리아 성당은 아직도 완성되지 않았다. 그가 남긴 건축물은 단순한 공간이 아니라 믿음과 상상, 고집이 모여 만든 꿈의 구조물이었다. 가우디가 꿈꾼 세상 속에서 도시는 지금도 살아가고 있는 듯했다.

내가 죽고 나면, 내 삶은 어떤 모양으로 남을까?

내 삶은 여전히 전대미문이다. 여전히 갱년기가 물고 늘어져 주저앉을 때도 있그, 의욕 잃은 날엔 멍하니 발만 쳐다볼 때도 있고 내 안의 창고가 텅 비어 끙끙거릴 때도 많다. 이제는 삶을 안다고 생각하지만, 여전히 사건들의 연속이다. 그러나 여행에서 배운 것들이 있다. 오래 걸려도 괜찮다는 것, 남들과 달라도 괜찮다는 것, 나만이 가진 색이 곧 예술이라는 걸. 내 삶이 곧 작품이라는 걸.

8

딸이었고 엄마였고 마침내 나였던 호수

(#할슈타트) (#블레드) (#레이크 루이스)

여행을 떠나기로 마음먹었다. 작은 아이가 대학에 들어간 바로 그해였다. 한참 갱년기로 몸도 마음도 흔들리던 시기, 나를 위한 돌파구가 필요했다. 쌓여 있던 먼지를 털어내듯, 일상을 비워야 숨을 쉴 수 있을 것 같았다. 그렇게 여행은 시작되었다. 코로나로 멈췄던 두 해를 제외하고는 해마다 약속처럼 떠났다. 여행지는 제각각 다른 매력과 감탄을, 때로는 실망을 남겼다. 하지만 호수를 품은 장소만큼은 언제나 다정하게 내 마음을 붙잡았다.

오스트리아의 할슈타트, 슬로베니아의 블레드, 그리고 캐나다의 레이크 루이스. 다녀온 순서와는 무관하게, 그때 나는 딸이었고, 엄마였으며, 가끔은 누구의 무엇도 아닌 그저 나였다.

6월의 오후, 할슈타트에 도착했을 때 햇살이 부드럽게 내리쬐고 있었다. 호수는 잔물결 하나 없이 풍경을 고스란히 담고 있었다. 그 둘레를 감싼 산들은 짙고 가팔랐다. 마치 호수를 꼭 끌어안은 듯했다. 호숫가에는 목조건물들이 옹기종기 모여 있고 얇고 편평한 슬레이트 지붕을 가진 집들이 경사진 언덕을 따라 줄지어 있었다. 흰색, 연노랑, 연분홍, 회색처럼 파스텔톤으로 칠해진 벽들은 한 폭의 그림처럼 조화로웠다. 창가와 발코니에는 제라늄과 피튜니아 같은 꽃들이 줄줄이 늘어져 생기를 더했다. 그 사이로 뾰족하게 솟은 교회 종탑이 고요한 마을 가운데 있었다. 물가 가까이에는 백조가 한가로이 떠 있었고 거리에는 이를 즐기는 관광객이 지나다녔다.

산 중턱까지 이어지는 좁은 골목길을 오르다가 벤치에 앉았다. 바람이 목덜미를 스치자, 초등학생 때 부모님과 함께 갔던 여름 여행이 떠올랐다. 욕지도였다. 배를 타고 들어가 바닷물에 뛰어들며 놀았던 날. 이유는 기억나지 않지만, 동생이 얼굴을 찡그린 채 찍힌 사진이 있다. 그날은 특별하지도, 특별하다고 여기지도 않았던 평범한 하루였다. 이상하게도 할슈타트의 고요한 풍경 속에서 그 시절의 엄마와 아버지 모습이 자꾸 떠올랐다.

'이제는 내가, 그때의 엄마보다 훨씬 많은 나이가 되었구나.'

부모님과 함께 여기 왔다면 얼마나 좋아했을까? 할슈타트는 조용히 딸이었던 나를 불러냈다. 순수하고 어리던 그때의 나와, 젊고 건강한 엄마가 함께 이 호숫가에서 아름다운 한때를 남겼다면 얼마나 좋았을까?

베네치아에서 3시간을 달려 슬로베니아 블레드 성에 도착했다. 햇살은 따갑고 땀으로 눅눅했으나, 성에서 내려다본 블레드 호수는 시원하고 투명했다. 호수 한가운데 작은 섬이 떠 있었고 거기에 종탑이 솟아 있었다. 천천히 노 저어가는 배를 뒤따르는 잔잔한 물결, 그 위로 비친 하늘까지, 호수는 한없이 평온했다.

호수 건너편에서 올려다본 블레드 성은 회색 석회암 절벽 위에 주황색 지붕을 얹고 있었다. 고요하면서도 위엄 있는 모습이었다. 꽃이 걸린 창문과 붉은 지붕들, 초록 숲과 파란 호수가 어우러져 한 장의 엽서 같았다. 호숫가에선 아이들이 물에 뛰어들고 어른들은 자갈밭에 앉거나 누워 햇살을 즐기고 있었다. 침엽수가 병풍처럼 둘러싼 그 풍경 속에서, 가족들은 자연과 함께 하루를 보내는 중이었다.

저들 모습에서 20년 넘게 엄마로 살아온 내 모습이 보였다. 어디를 가든 간식과 갈아입을 옷으로 짐 가방은 불룩했고, 아이를 쫓아다니고 챙기느라 바빴다. 사진은 대부분 아이만 찍혔고 풍경은 남지 않았다. 그런 내가 지금, 크로스백 하나만 메고 걷고 있다. 사진은 마음 가는 대로 찍고 벤치에 앉아 천천히 아이스크림을 먹는다. 닦아줄 손도 한입 달라며 다가올 입도 없다. 생각보다 조용했고, 의외로 좋았다.

아이들은 어느새 자기 삶을 스스로 꾸려가고 있다. 돌봄과 책임도 멀어지고 있다. 그제야 스스로를 돌보고 웃을 수 있는 '엄마인 나'를 처음으로 마주했다. 여행은 이렇듯 느닷없이 나를 풀어놓는다.

캐나다 레이크 루이스는 비현실적이라는 말의 예시를 알려주는 것 같았다. 에메랄드빛 빙하 호수는 한없이 고요했고 그 뒤로 우뚝 선 설산은 누군가 그려 놓은 그림 같았다.

인간의 개입 없이 자연이 창조한 호수. 호숫가를 따라 걷는 동안 말수가 줄었다. 파도도, 바람도 거의 없었고, 사람들의 목소리는 낮아졌다. 그 풍경 앞에서 나는 어디에도 속하지 않고 누구의 역할도 하지 않은 채, 누구의 딸도, 누구의 엄마도 아닌, 온전히 나 자신이 되었다. 그저 자연의 일부가 된 나를 보았다. 나로서 이미 충분한 나를 보았다. 더 바랄 게 없었다. 눈 덮인 산에서 흰 바람이 불었다.

호수와 함께한 여정에서 나는 딸이었고 엄마였으며 무엇보다 바로 나 자신이었다. 다시 일상으로 돌아가 냉장고를 열고 세탁기를 돌리고 동네 마트를 오가며 살겠지만, 때때로 이 고요한 호수의 풍경을 꺼내어 숨을 고를 것이다.

돌아보니 여행은 멀리 떠나는 일이 아니라 오래 잠들어 있던 나를 깨우는 시간이었다. 진짜 내 편이 되는 시간이었다.

레이크 루이스

블레드 성

9

기도처럼 마음에 남은 약속

#바르셀로나 #사그라다 파밀리아

사그라다 파밀리아, 안토니오 가우디의 꿈은 여전히 자라고 있었다. 멀리서 고개를 쳐들어야 꼭대기가 보일 만큼 웅장했고 레이스 천을 오려 붙인 듯한 섬세한 조각들은 바라보면 볼수록 경이로웠다. 돌들은 덩굴식물처럼 하늘을 향해 살아 숨 쉬는 듯 자라고 있었다.

성당에는 탄생, 수난, 영광, 세 개의 파사드, 세 개의 이야기 문이 있다. 그중 '탄생의 파사드'는 성경 속 장면을 촘촘히 새겨 넣은 거대한 돌그림 같았다. 예수의 탄생부터 세례, 목수로 살았던 시간까지 이어지며, 수많은 인물과 동식물이 입체적으로 뒤엉켜 생동감 있게 살아 움직이는 듯했다. 끝없이 솟은 첨탑과 조심스레 얹힌 조각들 사이에, 140여 년의 시간이 켜켜이 쌓여갔다.

"2026년에 완성된대. 가우디가 세상을 떠난 지 꼭 100년 되는 해래."
감동에 잠긴 딸이 말했다. 그리고선 덧붙였다. 그때 다시 오자고.

"그땐 내가 대학 졸업하고 돈도 벌 테니까, 내가 여행 경비 다 낼게."

허세 섞인 이 말이 성당 천장처럼 아득하게 느껴졌지만, 기분 좋은 기대였다. 성당 안에서 나눈 그 약속은 기도처럼 오래 마음에 남았다. 그러나 시간은 약속대로만 흘러가지 않았다.

딸은 대학 졸업 후 고민 끝에 독일 유학길에 올랐다. 낯선 언어와 문화를 배우며 다시 학생이 되었다.

"금방 끝낼게."라며 웃던 뒷모습이 아직도 선하다.

그러나 곧, 코로나19로 예기치 못한 정지 버튼이 눌러졌다. 학교도, 여행도, 일상도 모두 멈춰 섰다. 딸은 한동안 독일어 학원에도 나가지 못한 채 혼자 방에서 지내야 했다. 사그라다 파밀리아도 예외는 아니었다. 오랜 세월 후원금과 관광객 입장료로 공사를 이어가던 성당은, 사람들이 찾지 않자 순식간에 재정난에 빠졌다. 완공 예정이었던 2026년은 다시 멀어졌고 성당 측은 2030년대까지 미뤄질 수 있다고 했다.

2026년이 다가오자, 우리 약속이 정말 지켜질지 기대되었다. 딸은 아직 공부 중이고 직장을 가지려면 시간이 더 필요하다. 혹여나 미안해하지는 않을까 싶었는데 뜻밖에도 성당 완공이 미뤄진다는 소식을 듣자 얽힌 매듭 풀리듯 걱정도 스르르 풀렸다. 우리 둘의 약속도 자연스럽게 다음으로 연기되었다. 완성이 늦춰진 만큼 우리에게도 여유가 생겼다.

딸의 미래와 우리의 여행도, 이 성당처럼 조금 늦어도 괜찮다고 말할 수 있게 되었다.

사그라다 파밀리아는 원래도 느린 성당이었다. 사람들이 왜 이렇게 오래 걸리느냐고 묻자, 가우디는 내 고객, 즉 신은 급하지 않다고 말했다고 한다. 그는 완성보다 과정을 더 충실히 하고자 했다.

1882년에 시작된 공사는 아직도 끝나지 않았다. 가우디는 생의 마지막 40년을 이 성당에 바쳤다. 성당 근처의 오두막에서 지내며 모든 삶을 여기에 쏟아붓던 어느 날 그는 전차에 치였다. 남루한 차림 탓에 아무도 그를 곧바로 알아보지 못했다. 병원으로 옮겨지기까지 시간이 지체되어 끝내 세상을 떠났다. 그는 타인의 시선과 평가보다 과정을 신뢰했고 끝내 자기 고집을 꺾지 않았다. 자연에서 얻은 영감을 성당의 형태와 세부 장식에 새겨 넣었다. 나뭇가지가 하늘로 뻗듯 기둥은 솟아올랐고 자연의 빛과 그림자는 조용히 내부를 채웠다. 스테인드글라스를 통과한 빛은 시간에 따라 색을 바꾸며 바닥을 물들였다. 성당엔 신과 자연, 인간이 조화롭게 어우러지는 공간을 잇고자 한 그의 철학이 오롯이 들어 있었다.

스페인 사람들과 여행자들은, 미완성임에도 이 성당을 숭고하게 여긴다. 가우디가 끝까지 지키고자 했던 신념이 지금까지 이어지고 있기 때문이다.

천천히, 느리게 올라가는 성당을 볼 때마다 위로받는 기분이다. 딸의 미래와 우리의 여정도 예측할 수 없지만, 불안할 필요 없다는 걸 안다.

언젠가는 거기에 도달해 있을 테니까.

기도하는 마음으로 기다린다. 딸의 정착과 완성된 사그라다 파밀리아 성당을. 그대 한 약속이 지켜지기를. 그땐 우리도 한 뼘 더 자라 있기를.

사그라다 파밀리아 성당 스테인드글라스

Tip 1

느슨해진 마음을 다시 품는 법

하루에 하나씩 시도하는 일상 속 작은 루틴

여행에서 알게 된 느린 속도와 숨 고르기를 일상으로 가져와 보는 작은 실천들입니다. 분주한 일상 속에서, 오늘의 나에게 살짝 말을 걸어보는 시간이라고 생각해 주세요. 해야 하는 일이 아니라, 바깥으로 향하던 시선을 잠시 나에게로 데려오는 연습이기도 합니다.

1 10분 산책의 힘

휴대폰을 가방에 넣어 두고 천천히 동네를 걸어봅시다.

- 하늘, 바람, 햇빛을 피부로 느껴보세요.

2 오늘의 풍경 한 장

그날 마음에 들어온 장면을 한 장만 찍어보세요.

- 커피잔, 그림자, 벤치에 떨어진 나뭇잎. 모두 좋습니다.

3 나에게 쓰는 세 문장 일기

하루의 끝에서 딱 세 문장만 적어보세요.

- 오늘 가장 따뜻했던 순간

- 오늘 놓아도 괜찮은 걱정 하나

- 지금 가장 가고 싶은 장소

4 3분 멍때리기

아무것도 하지 않는 3분을 허락해 보세요.

- 눈을 감고 들숨과 날숨만 가만히 느껴봅니다.

5 작은 의식 만들기

하루에 한 번 다음 말을 속삭여 보세요.

- "천천히 가도 괜찮아."

- "나는 지금의 나로 충분해."

- "지금을 즐기자."

인생, 그 타이밍에
스며들다

#이탈리아　#네덜란드　#프랑스　#튀르키예

#라오스　#바티칸　#스페인　#캐나다

어떤 순간은 예고 없이 다가와 삶의 리듬을 바꾼다.

여행지에서 만난 사람과 풍경, 음식과 침묵이 나를 스쳐 갔고,

그 장면들은 조용히 내 안에 남았다.

1

잘생긴 남자에게 도둑맞은 여행

#밀라노

나에게 일어날 줄은 몰랐다. 길거리에서 가방을 도둑맞아 눈앞이 캄캄해지고, 경찰은 무관심하고, 그 일로 여행 전체가 엉망이 됐다는 흔하디흔한 유럽 소매치기 이야기가. 그런 일은 부주의해서 생기는 거라고 조심하면 괜찮을 거라 믿었다. 정말로.

밀라노의 한 골목에서 눈 뜨고 코 베이는 일이 순식간에 일어났다. 가방과 여권은 물론 신뢰와 낭만까지 눈 깜짝할 사이에 도둑맞았다.

보름 남짓의 여정이었다. 베네치아 공항에서 렌터카를 빌려 베네치아, 슬로베니아, 크로아티아를 거쳐 다시 이탈리아로 돌아와 출국하는 일정이었다. 숙소와 경로는 깔끔하게 짜여 있었다. 단 하루, 크로아티아에서 이탈리아로 돌아오는 하루만 비워두었다. 변수를 대비한 하루였다. 결국 그 하루가 모든 걸 바꿨다.

그날은 베로나 정도가 무난했다. 공항에서도 가깝고, 로미오와 줄리엣의 발코니도 궁금했던 곳이었다. 형님 내외에게 혹시 가고 싶은 곳이 있냐고 물었을 때, 패션에 관심 많은 고모부가 망설임 없이 밀라노에 가고 싶다고 했다. 남편이 구글 지도를 켜고 거리를 확인했다. 베네치아 공항까지 거리가 멀다고 했지만, 고모부의 눈빛은 확고했고 나도 슬며시 궁금한 마음을 보탰다. 결국 예정에 없던 밀라노가 일정에 들어섰다.

가는 도중, 휴게소에서 급하게 호텔을 예약했다. 도심 한가운데 있는 호텔은 이번 여행에서 가장 비싼 숙소였다. 계획하지 않은 일치곤 순조로웠다. 다만 주차장 위치를 확인하지 않은 게 실수였다. 설마 호텔에 주차장이 없을 거라 생각이나 했을까. 오래된 석조 건물로 된 호텔은 웅장했지만, 주차장이 없었다. 그제야 이탈리아 여행자들이 한 조언이 생각났다.

'도심 호텔 예약 시 주차장은 로마 시대 유물처럼 귀하다.'

짐을 내리기 위해 골목을 따라 호텔 앞으로 차를 돌렸을 때 남편이 말했다.

"타이어에서 이상한 소리가 나. 뭐가 걸렸나?"

순간, 등골이 싸늘해졌다. 국경을 넘을 때마다 대사관에서 오던 문자가 떠올랐다.

'이탈리아에서는 타이어를 찢고 소매치기를 하는 수법이 빈번합니다.'

그때는 대수롭지 않게 여긴 경고였다. 백미러를 보던 남편이 다시 말했다.

"오토바이 탄 남자가 따라오네."

형님이 낮게 말했다.

"일단 호텔 앞으로 가자."

호텔 정문에서 20미터쯤 떨어진 도로 가장자리에 차를 세웠다. 남편과 고모부가 먼저 내려 타이어를 살폈다.

"찢어졌어. 오른쪽 뒤 타이어가 완전히."

그나마 골목에서 내리지 않아 다행이라며 마음을 놓는 순간이었다. 형님은 짐이 많다며 벨보이를 데리러 호텔로 가면서 내게 크로스백을 건넸다.

"잘 들고 있어."

차 안이 더 안전하겠다 싶어 형님 가방은 뒷좌석에 두고 내 가방은 어깨에 멘 채 내렸다. 대사관 경고 문자가 떠올라 우리는 잔뜩 긴장했다. 길에는 젊은 남자 한 명과 여자 두 명이 손바닥을 맞부딪치며 깔깔거리고 있었다. 소매치기 같아 보이진 않았다. 그들의 느긋한 모습에 잠시 경계심이 풀어졌다.

'잘생겼다.'

짧은 머리, 반듯한 옷차림, 부드러운 미소. 오토바이를 탄 남자가 미소를 지으며 말을 걸었을 때, 트렁크에서 가방을 내리던 남편과 고모부까지 잠시 시선을 돌렸다. 무언가 질문했고 우리는 이탈리아어를 모른다고 답했다. 곧 그는 고개를 끄덕이며 유유히 사라졌다. 그리고 돌아보니 자동차 뒷문이 열려 있었다. 머릿속이 하얘졌다.

'설마! 아닐 거야. 아니어야 해.'

뒷좌석을 확인했다. 남편의 백팩과 형님의 크로스백 둘 다 사라졌다. 고모부의 백팩은 반쯤 끌려 나온 채 바닥에 널브러져 있었다. 딱 10초, 한두 마디 하는 동안 일어난 일이다. 그가 주의를 분산시키는 사이에, 인도에 있던 젊은이들이 문을 열고 짐을 가져간 것이다. 그의 미소에 한눈판 대가였다. 여권과 핸드폰, 카드, 현금, 그리고 내 평정심까지 함께 탈탈 털렸다.

그날 일정은 완전히 날아가 버렸다. 여권이 없어 호텔 체크인도 못 한 채, 진술서를 쓰기 위해 경찰서로 향했다. 밤 8시가 넘은 경찰서에는 놀랄 만큼 사람이 많았다. 어떤 사람은 진술서를 쓰고 어떤 사람은 망연자실한 채 앉아 있었다. 표정들은 하나같이 지쳐 보였다. 그러나 더 놀라운 건 경찰관들의 표정이었다. 우리에겐 중대한 사건이 그들에겐 비일비재한 일상처럼 보였다. 무관심하다 못해 귀찮아하는 듯한 태도에 당황스러운 건 우리였다.

새벽 1시 반쯤. 호텔방 전화가 울렸다.

"가방을 찾았대. 내려가 봐야 정확히 알 수 있을 것 같아."

여권만이라도 돌아오길 바라며 기도했다. 2시 반쯤, 남편이 돌아왔다. 손에는 그의 백팩이 들려 있었다. 숨죽이며 지퍼를 열었다. 호텔 예약 프린트물, 칫솔, 영수증, 그리고 여권과 신용카드가 들어 있었다. 핸드폰과 현금은 모두 사라졌지만 말이다. 눈물이 핑 돌았다. 그것만으로도 기적 같았다.

한 필리핀 청년이 귀가하던 길에 버려진 가방을 발견했다고 했다. 가방 안에 있던 호텔 프린트물을 보고 호텔로 연락을 준 것이었다. 남편이 사례를 하려 하자 그는 웃으며 말했다.

"괜찮아요. 도둑맞아 돈도 없을 텐데요. 제가 돈을 좀 드릴게요."

당연히 돈은 받지 않고 그의 이메일 주소만 받았다. 한국에 돌아와 감사 메일을 보냈더니, 이렇게 답장이 왔다.

"혹시라도 곤란해하는 여행자를 만나면 도와주세요. 정말, 그걸로 충분합니다."

이탈리아는 꼴도 보기 싫었다. 호텔 건너편 카페에선 도둑들을 봤을 법도 한데 아무도 말해주지 않았다. 부주의했던 우리를 탓할 수밖에 없다. 여행 막바지에 찍은 영화 같은 이야기, 생각하면 지금도 아찔하다. 정말이지 다시는 가고 싶지 않다.

그러나 시간은 흐르고 기억은 흐려지기 마련. 악몽 같았던 그날도 웃을 수 있는 추억이 되었다. 소매치기가 무서워 여행을 포기하기엔, 이탈리아는 너무 매력적인 나라다. 다만, 잘생긴 남자는 경계 대상 1호. 절대 사양이다.

밀라노 대성당

밀라노 갤러리아

2

그대 이름은 고흐

#암스테르담 #몽마르트 #아를

영혼에 질감이 있다면, 고흐의 영혼은 섬세한 실크에 가깝지 않을까? 삶은 녹록지 않았다지만, 그림에는 햇살 같은 온기가 느껴진다. 어둡고 예민하면서도 동시에 따뜻한 사람. 미술에 밝지 않은 나에게도 고흐는 제법 친숙한 예술가다.

밀라노에서 잃어버린 것은 물건이었지만, 그 이후의 여정에서는 나 자신을 다시 찾고 있었다. 바로 그쯤, 고흐가 머물렀던 도시들을 천천히 따라 걸었다. 그의 뿌리인 네덜란드, 빛을 배웠던 몽마르트 언덕, 마침내 열정과 광기가 폭발하던 아를까지.

고흐의 고향 즌델트는 네덜란드 남쪽의 조용한 시골 마을이다. 우린 그곳 대신 암스테르담에서 고흐를 만났다. 머무는 내내 예약이 꽉 차 끝내 반 고흐 미술관에는 가지 못했지만, 고흐의 이름과 초상이 담긴 포스터를 수없이 지나쳤다.

암스테르담 국립미술관에서 처음으로 〈자화상〉을 보았다. 다부지고 결연한 눈, 뾰족한 코, 야윈 볼, 수북한 수염. 낮은 채도의 그림에서 오래된 고단함이 느껴졌다.

고흐의 그림 중 가장 보고 싶었던 건 〈감자 먹는 사람들〉이었다. 이런 저런 일을 전전하다가 스물일곱 살에 마지막으로 선택한 직업이 화가였다. 이 작품은 그의 초기 작품이자 유일하게 많은 인물이 등장하는 그림이다. 호롱불 아래 뜨거운 감자와 차를 따르는 얼굴, 녹록지 않은 삶을 대변하는 듯한 검은 집안, 유난히 도드라진 손가락 관절, 서로를 살피며 고단했던 하루를 나누는 듯한 표정. 굳은 손과 그을린 벽, 벽에 걸린 작은 그림과 꽃병까지. 무거움 속에는 따뜻함이 보였다. 이런 게 예술이란 생각이 들었다. 감동은 액자 안에만 머무르지 않고 기억으로 남는 법이다.

사실 네덜란드로 가기 전, 이 그림은 이미 내 안에 들어와 있었다. 정진규 시인의 시 때문이다.

"아무 말도 하지 않았다
다만 셋째 형만이
언제고 떠날 기회를 노리고 있었다"
– 「감자 먹는 사람들」 중에서

이 시를 읽고 고흐의 그림을 보면, 그림 속 인물들이 시인의 문장과 서로를 비춰주는 듯하다. 시 속 '셋째 형'처럼 우리는 다른 곳을 향한 열망이 있다. 맑은 영혼을 가진 고흐도 사랑하는 사람들과 닮고 싶은 진짜 예술가들에게로 떠나고 싶었을 것이다. 마음대로 되지 않은 현실로 주저앉을 때마다 얼마나 한심스럽고 절망스러웠을까? 이토록 활기 넘치는 암스테르담 거리를 걸으며 고독했을 그의 걸음을 상상했다.

가난한 예술가들의 성지로 알려진 몽마르트 언덕. 고흐도 이곳에서 동생 테오와 함께 살았다고 한다. 기념품 가게와 레스토랑, 그리고 수많은 관광객 틈에 그 시절 예술가들의 혼이 살아 숨 쉬고 있는 듯했다. 길가에는 무명 화가들이 이젤을 펴고 초상화를 그리고 고흐와 그의 동료들이 사랑했던 '오 라팽 아질' 클럽과 분홍빛 외벽의 '라 메종 로즈'는 그때의 정취를 간직하고 있었다.

이곳, 몽마르트에서 고흐는 조금씩 빛을 품기 시작했다. 〈몽마르트의 채소밭〉, 〈몽마르트 거리 풍경〉 같은 그림에서는 이게 정말 고흐의 그림 맞나 싶을 정도로 한층 색이 환해져 있다. 그 마음을 좇아 번잡한 거리를 벗어나 조용한 골목으로 들어섰다. 걷다 보니 뜻밖에 포도밭이 나타났다. 몽마르트가 원래 포도밭이었다는 걸 확인하는 순간이었다. 가을이면 이곳에서 포도 수확 체험과 음악 공연, 와인 시음회가 열린다고 했다. 고흐가 한 손에 화구를 들고 여기서 그림을 그렸을 걸 상상하며 그와 나란히 걸었다.

아를은 파란 하늘과 뜨거운 태양이 인상적이었다. 예술가들이 남프랑스로 모여드는 이유로 충분했다. 고흐 역시 이 도시에 머무는 동안 가장 왕성하게 작업했고 폴 고갱과 시간을 보내기도 했다. 정신적 발작을 일으켜 귀를 스스로 자른 곳도 이곳에서였다. 그의 고통과 빛이 극단으로 공존하던 도시이다.

〈밤의 카페 테라스〉의 배경이 된 카페는, 그림이 너무 대단했던 탓일까? 의외로 소박했다. 그림처럼 강렬한 노란 벽도 없었고 파란 하늘과 반짝이는 별빛도 없는 어디에서나 볼 수 있을 법한 흔한 카페였다. 평범한 현실을 붙잡아 두는 건 그림과 글이 다르지 않을 것 같다. 이 시기의 고흐가 이 카페에서 본 것은 무엇이고 담고 싶었던 건 무엇이었을까?

이 도시어서 피어난 〈해바라기〉, 남쪽의 밤하늘 아래에서 그려진 〈별이 빛나는 밤〉 등은 노란색이 강렬한 작품이다. 〈감자 먹는 사람들〉과는 확연히 달라진 색채. 압생트의 부작용이 그림에 여과 없이 드러나 고통도 환희도 모두 노란색으로 표현되었다. 아를에서 보낸 생의 마지막 열정만큼 그의 영혼도 차츰차츰 타들어 갔던 것 같다. 정신병원으로 실려 가기 전, 그는 불꽃 같은 열정을 이곳에서 태웠다. 마지막으로 바라보았을 들판과 하늘만이 그를 지켜봤을 것이다.

고흐가 걸었을 이 길 위에서 내게 묻는다. 그토록 뜨겁고 외롭게, 그리고 아름답게 살아간다는 건 무엇일까? 많은 영감과 늘 부족했던 돈,

동생을 향한 사랑과 미안함, 열정만큼 풀리지 않았던 인생, 넘치는 예술혼, 아직 다 태우지 못한 불꽃 같은 혼.

그가 살던 곳에서 그의 삶을 돌아보다 어느 골목에서 멈췄다. 나는 무엇에 마음을 담으려 하고 무얼 향해 살아왔는지, 나에게 혼이란 게 있다면 그건 어디를 향하는지, 또 무엇을 남길 수 있을지.

그를 배웅하고 돌아가는 길, 노랗게 물든 질문이 뒤따라왔다.

몽마르트 라 메종 로즈

날아 봐, 떠나 봐, 나를 봐

아를 골목길

3

조용히 흐르는 삶을 가르쳐 준 수도교

#퐁 뒤 가르   #발렌스   #클라우디아

로마 건축 기술의 진가는 미세한 각도의 기울기로 물을 흐르게 한 수도교에서 가장 극적으로 드러난다. 그 정밀함 앞에서는 대단하다는 말조차 모자랐다.

로마 역사와 수도교에 관심이 많은 남편 덕분에 세 곳을 여행했다. 프랑스의 '퐁 뒤 가르', 튀르키예 이스탄불의 '발렌스', 그리고 로마의 '클라우디아' 수도교. 본래 모습을 온전히 간직하진 않았지만, 돌로 쌓아 올린 구조는 여전히 단단히 서 있었다.

비와 바람, 수많은 계절을 홀로 어떻게 버텼을까. 시멘트 한 줌 없이 그 무게를 받아낸 돌들이 물 대신 경이로움을 떠받치고 있는 듯했다.

가장 먼저 찾은 곳은 프랑스 남부 아비뇽 근교의 퐁 뒤 가르다. 기원전 19년경 건축되어 세계 문화유산이 된 가장 높은 수로다. 높이 50미터, 3층으로 쌓아 올린 이 거대한 석조 구조물을 처음 마주하자, 감탄이

절로 터졌다. 파란 하늘을 가로지르는 위풍이 먼저 눈을 사로잡았고 반복되는 아치 모양 사이로 하늘과 바람이 드나들게 만든 예술성에 또 놀랐다. 수도교의 역할을 훌쩍 뛰어넘는 거대한 예술 작품 같았다. 그러면서도 주변 풍경과 이질적이지 않고 오래되었으나 현대적이란 생각이 들어 건축의 고풍미를 새로이 느꼈다.

물은 3층 맨 꼭대기로 흘렀으나 지금은 사용이 멈췄고 1층 일부 구간은 직접 올라 걸을 수도 있었다. 긴 세월을 묵묵히 버틴 돌을 쓰다듬으며 기특하다, 수고했다고 말해주었다.

두 번째로 마주한 수도교는 튀르키예 이스탄불 한복판, 도로 위를 가로지르는 발렌스 수도교였다. 너무도 자연스럽게 도시 풍경 속에 스며 있었기 때문에 잘 눈에 띄지 않았다. 남편이 손가락으로 가리켰을 때야 보였다. 두 거 층으로 된 아치 구조물이 떡하니 서 있었다.

자동차들이 쉴 새 없이 그 아래를 지나고 사람들도 아무렇지 않게 지나쳤다. 오라된 수로는 이스탄불의 일상에 조용히 얹혀 있었다. 특별히 보호받는 유적이라는 느낌도 들지 않았다.

퐁 뒤 가르에서 자연과 하나 된 위엄을 보고 온 탓인지, 이곳은 어딘가 쓸쓸해 보였다. 그러나 귀한 보살핌 없이도 그 자리를 지켜 온 것, 이미 존재의 가치를 증명한 것이라는 생각이 들었다.

마지막으로 찾은 곳은 로마의 클라우디아 수도교였다. 이번에도 남편이 앞서 걸었고 나는 '전에 봤던 것과 뭐가 다를까?' 하는 마음으로 뒤따랐다.

멀리서부터 보이는 실루엣이 달랐다. 도시의 가장자리, 들판 너머로 거대한 아치들이 길게 이어져 있었다. 가까이 갈수록 크기와 위엄이 내 상상을 훌쩍 넘어섰다.

로마는 발길 닿는 곳마다 유적이지만, 클라우디아 수도교 앞에 서자 초등학생 때 처음 자동차를 봤던 기억이 떠올랐다. 신기해 뒤를 쫓아 달리던 그때처럼, 나도 모르게 이 돌기둥을 따라 걷고 싶어졌다. 이곳은 물을 나르던 구조를 넘어, 로마의 힘과 기술, 야망을 과시한 상징물이었다는 생각이 들었다.

수도교 아래를 천천히 걸었다. 주변에는 키 큰 소나무들이 줄지어 서 있었고 그 아래에 들꽃들이 바람에 흔들리고 있었다. 도시 한복판도, 완전히 외곽도 아닌 경계에서 자연과 유적이 서로를 돋보이게 하고 있었다. 들리는 건 바람 소리뿐, 사람 하나 보이지 않는 한적한 길이었다.

모든 권력과 함께 수도교는 무너졌다. 물길은 멈추고 흔적만 남아 그때의 영광을 간직하고 있었다. 그러나 비바람 맞고 도시의 풍경에 외면당하고 사람들에게 잊혀도 무너지지 않았다. 결국 남는 건 장식보다 기본에 충실한 모습, 화려한 말보다 오래 서 있는 태도라는 생각이 든다. 요란스럽지 않게 길을 내는 물처럼, 나도 조용히, 과하지 않게, 욕심부

리지 않으며 흐르고 싶다. 2천 년 전에 시작된 수도교처럼.

로마 클라우디아 수도교

프랑스 퐁 뒤 가르 수도교

4

찰밥 한 줌, 마음 한 줌

(#루앙프라방)

"종교와 상관없이 꼭 해보세요. 새벽 탁발이요. 진짜 좋아요."

라오스를 다녀온 블로그 이웃의 말이었다. 이런 말에 귀가 솔깃해진다. 탁발은 낯설었다. TV에서 스님께 공양을 올리는 장면은 봤지만 직접 해본 적은 없어 은근히 긴장됐다. 게다가 새벽이라니. 그 시간에 일어날 수 있을지도 걱정이었다. 그래도 루앙프라방의 새벽 탁발만큼은 꼭 한번 해보고 싶었다.

루앙프라방은 생각보다 붐볐고 햇볕은 뜨거웠다. 낮에는 호텔에서 쉬거나 마사지를 받으며 더위를 피했다. 본격적인 여행은 주로 이른 아침이나 늦은 오후에 가능했다. 야시장에서 이것저것 맛보고 밤늦게까지 바에서 음악을 들으며 이야기를 나누곤 했다.

"내일 새벽엔 꼭 일어나야지."

그 다짐은 며칠째 공수표가 되었다가 떠나는 날 새벽에야 비로소 실행되었다.

숙소를 나선 시각은 새벽 5시 40분쯤. 하늘은 아직 어둡고 달이 남아 있었다. 루앙프라방 야시장 길을 따라 씨엥텅 사원 쪽으로 천천히 걸어갔다. 인도에는 돗자리와 원색의 플라스틱 목욕탕 의자들이 길게 줄지어 있었다. 이미 단체 관광객들이 일렬로 앉은 채였다. 어디에 앉아야 할지 몰라 어색하게 두리번거리다가 마침 빈자리를 발견했다. 찰밥과 초콜릿 바가 담긴 바구니를 든 아주머니가 다가와 아무 말 없이 손짓으로 알려주었다. 신발을 벗고 앉으라는 뜻이었다. 잠시 후 음식이 담긴 대나무 바구니와 비닐장갑을 주었다. 아주머니는 익숙한 손길로 흰색 바탕에 옅은 갈색 줄무늬 천을 내 어깨에 사선으로 둘러 주었다. 아주머니가 손가락으로 펴 보이는 숫자만큼 돈을 건네자, 드디어 나도 루앙프라방 새벽 풍경의 일부가 되어 있었다.

긴장하며 앉아 있으니, 멀리서 주황 승복을 입은 스님들이 하나둘 보이기 시작했다. 그 순간, 내 마음에도 경건함이 내려앉았다.
주황빛 물결이 길 끝에서부터 천천히 움직였다. 스님들은 맨발로 발우를 들고 아무 말 없이 걸어오고 있었다. 그때까지만 해도 나는 이 행렬이 어떤 감정을 일으킬지 알지 못했다. 맨 앞에 선 노스님은 깊게 팬 주름만큼 느린 걸음으로 걸었고 그 뒤를 따르는 젊은 스님들은 고요한 표정으로 뒤따랐다. 동자승들은 약간 졸린 얼굴을 하고 하품을 꾹 참는 듯했다. 모두 오른쪽 어깨와 팔을 드러낸 주황빛 승복을 입고 있었지만, 그 얼굴마다 표정과 몸짓은 조금씩 달랐다.

비닐장갑을 낀 손으로 찰밥을 작게 떼어 스님의 발우에 올려드렸다. 처음에는 작은 오렌지만 한 크기로 조심스럽게 눌러 담았으나 스님들의 걸음이 생각보다 빨라 마음이 점점 조급해졌다. 더 많이, 더 빨리 움직이고 싶은데 마음처럼 손이 따라 주지 않았다.

인간이 얼마나 이기적인지, 이 먼 곳까지 와 기어이 탁발 체험을 하겠다고 이 새벽에 나와 앉았다. 스님들을 위한 탁발 체험이라 했지만, 그 내면엔 기복이 담겨 있었다. 주먹밥을 만들며 나도 모르게 엄마의 건강을 빌었다. 부끄러운 마음과 엄마를 위한 마음에 고개를 떨궜다. 입술을 깨무는 사이, 눈물이 툭 떨어졌다.

스님들의 긴 행렬은 좀처럼 끝나지 않았다. 먹먹했던 마음도 잠시, 딴 생각할 틈이 없었다. 찰밥은 점점 줄어들었고 동자승에게 건네던 초콜릿 바도 모두 떨어졌다. 스님들의 걸음은 이어졌지만, 내 바구니는 어느새 텅 비었다. 그때 바구니를 든 아주머니가 다시 다가왔다. 찰밥과 초콜릿 바가 담긴 바구니를 내밀며 사 달라는 듯 미소 지었다. 나는 손짓으로 '이것도 괜찮냐?'라고 물으며 가방에서 바나나 송이를 꺼냈다. 아주머니는 고개를 끄덕였다. 그제야 마음이 놓였다. 어젯밤, 야시장에서 아이를 안고 바닥에 앉아 있던 젊은 엄마에게서 산 바나나였다. 괜히 가져온 게 아니었구나 싶어, 바나나를 하나씩 떼어 스님의 발우에 올려드렸다.

잠시 후, 그마저도 다 나눠드리자 내 손도 가벼워졌다. 일어설 준비를 하며 천천히 스님들을 바라보았다. 옆에 앉아 있던 중국인 단체 관광객도 자리를 떴다.

그때 스님이 지나가며 무언가 말하는 듯한 표정을 지었다. 어리둥절해하는 나에게 한 스님이 손가락으로 의자 밑을 가리켰다. 거기에는 중국 관광객이 떨어뜨린 핸드폰이 있었다. 나는 고개를 끄덕이고 핸드폰을 주워 뒤에 서 있던 아저씨에게 건넸다. 스님은 고요한 미소를 지으며 다시 발걸음을 옮겼다. 스님은 탁발을 위해 우리 곁을 지나가면서도 길가에 앉아 있는 우리 주변과 사람들의 마음까지 살핀다는 생각이 들었다. 어쩌면 내가 건넨 엄마 기도도 읽었을 거란 든든한 마음도 들었다.

스님과 나, 우리는 아무 말도 하지 않았다. 침묵 속에 눈짓과 마음이 오갔다. 종교가 다르고 형식을 몰라도, 조심스레 주고받는 마음, 그것 하나만으로 이 새벽은 의미 있었다. 스님들이 골목 끝을 돌아 사원 안으로 들어갈 때까지 뒷모습을 바라보았다. 탁발 체험이 끝나고도 마음의 온도는 오래도록 식지 않았다.

5

포대기가 불러낸 세계 속의 나

(#암스테르담)

여행을 다니다 보면 예상치 못한 순간에 마음이 흔들릴 때가 있다. 유명한 장소나 극적인 사건이 아니어도 스쳐 지나간 한 사람, 작은 장면 하나가 오래 남는 일. 그날도 그런 날이었다.

라오스의 새벽은 침묵으로 내 마음을 붙잡았다. 말 대신 눈짓과 마음이 오가던 고요가 여운으로 남아 소란한 유럽의 한복판에서도 갑자기 나를 멈춰 세웠다.

암스테르담 한복판은 인파로 넘쳤다. 익숙한 유럽의 풍경 속을 걷다가 발이 붙잡히듯 멈춰 섰다. 수많은 사람 사이를 헤치며 지나가는 여성이 보였다. 눈에 들어온 건 그녀 등에 업힌 아이와 그 아이를 감싼 포대기였다. 유럽 한복판에서 포대기라니! 옅은 청색 포대기에는 별과 우주선이 그려져 있었다. 아이는 등에 바짝 붙어 머리만 내밀고 작은 발은 아래로 삐죽 나와 있어 마치 오래된 사진 한 장을 보는 것 같았다.

요즘은 한국에서도 좀처럼 보기 힘든 포대기. 유모차가 당연해진 시대에 포대기는 젊은 엄마들에게 구식 취급을 받은 지 오래되었다. 그런 포대기를 여기서 만나다니. 나는 사진을 찍으며 그녀의 뒷모습이 사라질 때까지 쳐다보았다.

왜 그토록 평범한 풍경에 멈췄을까. 마음이 찡했고, 알 수 없는 울컥함이 올라왔다. 등으로 전해지는 체온과 심장 소리, 숨결의 진동이 그대로 느껴지는 듯했다. 포대기 속 아이는 아마 세상에서 가장 평온한 잠에 빠져 있었을 것이다. 오래전, 내 아이들이 느꼈을지도 모를 그 세상처럼.

딸이 갓난아기였을 때 울거나 보채면 처음엔 안고 흔들다가 결국 포대기를 꺼냈다. 등에 업고 단단히 묶은 채 조용히 집안을 돌았다. 다리가 아프고 허리가 뭉근했지만, 아이의 숨결과 심장의 고동이 전해오면 마음이 편안해졌다. 아이 역시 등에서 품을 느꼈을 것이다. 포대기 하나에 아이의 울음과 웃음, 땀 냄새와 잠 속 꿈까지 모두 담겨 있었다. 때로 칭얼대는 아이보다 더 울고 싶었던 내 마음도. 그러나 등에 아이가 있는 한, 혼자라는 생각은 들지 않았다. 그 천 한 장으로 우리는 온종일 연결되어 있었다.

암스테르담에서 본 포대기는 기억을 되살렸을 뿐만 아니라, 낯선 방식으로 세계와 한국, 그리고 나를 이어 주었다. 그녀가 어떤 이유로 그 포대기를 선택했든, 그것만으로도 내겐 가슴 뭉클했다. 자부심마저 들 정도로.

　예전에는 해외에서 한국 차만 봐도 반갑고 한글 간판만 봐도 괜히 가슴이 웅장해졌다. 그러나 이제는 많이 달라졌다. 우리는 문화를 이끌고 가는 세계의 리더가 되었다. 음식, 음악, 뷰티, 그 외 다양한 산업과 문화, 그리고 포대기까지. 한국은 조용히 그러나 깊숙이 세계인의 일상 속으로 스며들었다. 그 여인의 포대기는 단순한 천이 아니라 정서적 공감의 도구, 시간의 무늬였다. 나의 과거, 한국의 현재, 그리고 세계의 미래가 한 폭의 직물처럼 엮여 있다.

　활기 넘치는 암스테르담의 쉼터, 폰델 파크(Vondel Park). 햇빛은 구름 사이로 드문드문 쏟아지고 우람한 나무들 사이로 바람이 부드럽게 스쳤다. 벤치에 앉아 한참 호수를 바라보다 다시 걷는데, 누운 듯 서 있는 큰 나무가 눈에 들어왔다. 그 모습을 담고 싶어 딸과 우리 부부는 걸음을 멈추고 사진을 찍으려 했다. 그때, 뒤에서 누군가 말했다.

　"사진 찍어드릴까요?"

　외국 공원에서 한국어라니, 이유 없이 반가웠다. 뒤돌아보자, 키 큰 서양 여성이 활짝 웃고 있었다. 밝은 회색 티셔츠에 청바지를 입고 어깨까지 내려오는 곱슬머리가 햇빛에 반짝였다. 옆에는 남자 친구로 보이는 사람이 있었는데, 그녀가 한국어를 할 때마다 뿌듯한 표정을 지어 보였다.

　"어머, 한국어를 하시네요?"

놀란 마음에 나도 모르게 목소리가 커졌다.

"네, 서울에서 어학당에 1년 다녔어요."

이방인의 입에서 들려온 한국어는 나직했고 정중했고 놀랄 만큼 자연스러웠다. 마치 먼 곳에서 온 편지를 받은 기분이었다.

사진을 찍어주고 그녀는 마지막 인사를 또박또박 건넸다.

"즐거운 여행 하세요."

이제는 우리가 세계를 향해 말을 건네는 게 아니라, 세계가 우리에게 먼저 다가와 말을 걸고 있다. 한국의 세계화를 한국 밖에서 느낄 수 있었다.

공원을 걷다 마주친 이름 모를 들꽃까지 특별했다. 오늘 하루 마주한 것들은 모두 다정했다. 포대기로 아이를 업고 가던 여인의 뒷모습, 외국 공원에서 들은 우리말 인사, 사진 속 우리 가족. 조용히 오래 남을 장면들이다.

포대기

6

피에타 앞에서 나는 엄마가 되었다

#베드로 대성당

오래전부터 바티칸에 가 보고 싶었다. 종교나 신심 때문도 아니었다. 교황 선출을 알리는 하얀 연기와 성 베드로 광장을 가득 메운 인파, 높고 깊은 아치와 기둥들. 그 장면들을 보고선 언젠가 꼭 가야 할 곳으로 마음에 새겨두었었다.

화면 속 그곳에서 누군가는 신을 만났고 누군가는 눈물을 닦았고 또 어떤 이는 침묵으로 돌아섰다. 거기는 꼭 무언가가 있을 것 같고 또 무언가를 얻을 것만 같았다. 바티칸 시국, 드디어 기회가 왔다.

일일 투어를 신청해 아침 일찍 대성당 입구에 모였다. 개인 입장은 더 늦어진다고 해서 선택한 투어였다. 한적한 관람을 기대했으나 이미 입구에는 긴 줄이 늘어서 있었다. 기다리는 동안 가이드의 설명은 제대로 들리지 않았다. 줄은 한참 남았는데 마음만 자꾸 앞질러 가고 있었다.

화면으로 봤던 바티칸 박물관은 생각보다 거대했다. 복도를 따라 걸

을수록 천장과 벽은 장식과 그림으로 빽빽했다. 미켈란젤로의 천장화와 라파엘로의 프레스코는 사진으로 보던 것보다 훨씬 압도적이었다. 하지만 감탄도 잠시, 박물관은 인파로 가득 차 어떤 구간은 걷는다기보다 떠밀려 다니는 기분이었다. 침묵을 만나기는커녕, 사람들 사이로 그림을 겨우 비집고 보아야 했다. 꼭 숙제를 해치우는 것 같았다.

그렇게 사람들의 흐름에 밀려 밖으로 나오고 나서야, 성 베드로 성당으로 향했다. 그러다 마침내, 유리 벽 안에 놓인 '피에타' 앞에 섰다. 예수가 십자가에서 내려진 뒤 성모 마리아의 품에 안겨 있는 모습. 미켈란젤로의 작품 중 내가 가장 보고 싶었던 조각이다.

피에타는 생각보다 작았다. '동정, 자비'라는 뜻의 피에타. 미켈란젤로는 무슨 자비를, 누구를 위한 자비를 표현했을까? 죽은 아들을 위한 자비, 산 어미를 위한 자비, 아니면 예수를 죽인 자들을 위한 자비? 대답 없는 질문만이 작품 앞에 남았다.

20대의 미켈란젤로가 어떻게 이런 미묘한 표정을 만들어 냈을까. 아들 잃은 어미의 허망한 표정은 물론, 옷자락의 주름, 손등의 뼈마디, 축 늘어진 몸까지. 끌과 망치로 새긴 선이라고는 믿기 어려울 만큼 세밀했다.

어릴 적, 나는 몸이 약해 자주 앓았다. 열이 나면 근육통이 늘 동반되었고 잠 못 드는 날이 많았다. 자주 넘어졌고 무릎에 피가 나는 날도 많았다. 그때마다 엄마는 말했다.

"눈에 보이는 데가 아픈 걸로 죽지 않아. 괜찮아."

피가 흐르는데도 괜찮다는 말에, 죽지 않을 거라는 말에 울음을 꿀꺽 삼킨 적이 한두 번이 아니었다. 어쩌면 나는 무릎보다, 서러움에 마음을 더 크게 다쳤는지도 모른다. 그때마다 내가 듣고 싶은 말은 다정한 말 한마디였다. 그 말이 듣고 싶어 자주 아팠던 건 아니었을까 하는 생각도 든다.

어느 날, 엄마는 아픈 나를 업고 병원으로 갔다. 나는 말없이 등에 기대어 엄마의 체온을 느꼈다. 그때는 몰랐다. 엄마 등에 얼마나 많은 감정이 담겨 있었는지. 피에타 앞에 서자 그 장면이 떠올랐다. 조각 속 마리아처럼, 엄마도 자주 아픈 나를 안고 있었다. 고통 속에서도 무너지지 않는 얼굴로. 조용히 그리고 묵묵히.

내 엄마 얼굴 위로 세상 곳곳의 엄마가 겹쳤다. 콘크리트 더미에서 아이를 안고 앉은 여자. 초점 잃은 눈동자, 굶주림의 땅에서 뼈만 남은 아이를 안고 있는 엄마. 엄마의 검은 눈망울, 말하지 않는 입술, 흐르지 않는 눈물, 그 모습이 모두 미켈란젤로의 피에타였다.

다시 피에타로 시선을 돌렸다. 생각보다 어려 보이는 마리아에게서 중년이 된 내 얼굴을 떠올려 보았다. 마리아의 얼굴에 엄마의 얼굴이 있었고 그 위에 내 얼굴이 조금씩 겹쳤다. 무너지지 않기 위해, 울지 않기 위해 더 깊이 참는 얼굴. 엄마라는 이름은 눈물을 참는 사람이라는 뜻과 다르지 않을 것이다.

엄마가 되어서야 겨우 엄마의 마음을 짐작하는, 죽은 아들을 안고서도 울지 못하는, 그 이름 피에타를 가슴에 담아왔다. 진짜 무서운 건 보이지 않는 아픔이라는 걸 피에타에서 다시 알게 되었다.

7

타이밍이 준 눈물

#론다

"여행은 일상 속에서 졸고 있던 감정을 깨우는 활력소다."

『섬』의 작가, 장 그리니에의 말이다. 처음엔 그저 여행을 잘 표현한 문장이라 생각했다. 시간이 지날수록 그 문장에 공감되었다.

우리는 왜 여행을 떠날까? 단지 낯선 풍경을 보기 위해서만은 아닐 것이다. 매일 보던 길과 소리에 무뎌진 감정들을 깨우기 위해, 놀람과 그리움, 고요와 벅참, 고독과 외로움 같은 것들을 더 진하게 느끼기 위해서 떠나는 지 아닐까?

이런 순간은 예고 없이 다가온다. 우린 그걸 타이밍이라고 부른다. 평온했던 마음에 바람 한 점이 스치면 잔물결이 일고 마음이 출렁거린다. 이유를 알기도 전에 눈물이 흐르고 우린 그걸 감동이라고 한다.

스페인의 작은 마을, 론다. 그 다리 위에서 처음으로 여행 중에 눈물이 고였다. 멋진 풍경 때문이 아니라 노을이 내려앉던 타이밍 때문이었을 것이다.

그날 우리는 세비야에서 그라나다로 가던 길이었다. 특별한 기대도 설렘도 없었다. 마을 초입에 닿았을 때 해는 이미 뉘엿뉘엿 기울고 있었다. 론다에서 가장 유명한 곳, 누에보 다리로 향했다. 다리는 마을 꼭대기에 절벽처럼 서 있다. 길을 잘못 들어 차를 언덕 아래에 세웠다. 우리는 언덕을 걸어 다리까지 올라가 보기로 했다. 길은 여러 갈래로 갈라졌고 경사는 생각보다 가팔랐다. 평소 같았으면 주변을 둘러보며 천천히 걸었겠지만, 그때는 숨이 턱까지 차도록 걸었다.

"어두워지기 전에 도착해야 해."

"이번이 아니면 다시는 못 볼지도 몰라."

마침내 누에보 다리 위에 섰다. 깊은 절벽을 사이에 두고 두 마을을 잇는 다리 위에 올랐을 때, 하늘은 마치 쇼를 하듯 갖가지 빛깔을 보여 주었다. 옆에는 위태롭게 선 하얀 집들, 기암절벽의 천연 요새, 위로는 저물녘 노을이 제멋대로 노니는 풍광. 눈물이 흘렀다. 이 놀라운 타이밍에 내가 지금 여기에 와 있다니. 자연이 주는 신비함을 어떻게 표현해야 할지 모르는 나에게 눈물만이 대답해 주는 듯했다. 뭉클한 순간이었다. 말없이 웅장한 곳, 자연이 펼치는 한 편의 연극을 보고 있는 듯했다.

"이건 만수르도 못 사는 순간이다."

감동한 남편이 말했다.

"그러게. 이걸 우리 가족이 다 같이 보고 있으니 더 바랄 게 없네."

여행에서 돌아온 뒤에도 가끔 하늘을 볼 때면 론다와 누에보 다리가 떠올랐다. 해거름 노을을 볼 땐 그날의 온도와 바람, 저녁 빛이 그리웠다. 론다는 풍경이 아니라 감정으로 남아 있다.

몇 년 뒤, 시누이네와 다시 가기로 계획을 세웠다. 이번엔 여유롭게 다리 아래와 골목도 천천히 걸으며 아쉬움을 채우고 싶었다. 스페인어를 배우며 누에보 다리 옆 숙소까지 예약해 두고 그날이 오기만을 기다렸다. 하지만 출발을 앞둔 봄, 전 세계의 문이 닫혔다. 코로나19가 세상을 멈춰 세우며 모든 약속이 취소되었다.

그때의 감동을 다시 한번 느낄 수 있기를 바랐는데, 아쉬움이 컸다. 그러다 문득 깨달았다. 그 감동은 론다라는 장소 때문이 아니라 바로 그때였기 때문이라는걸. 다시 간다고 해서 같은 기분을 느끼리란 보장은 없다는걸. 정말 소중한 건 명소가 아니라 타이밍이다. 타이밍은 주어지는 게 아니라 만들어 가는 것, 행운도 그렇게 만들어 가는 것이다.

론다 누에보 다리

8

햇살을 바라보는 법

#밴쿠버

누구에게나 작은 로망 하나쯤 있을 것이다. 거창하지 않아도 언젠가 꼭 한번 해보고 싶은 것 말이다. 나는 햇살 좋은 날 노천카페에서 커피를 마시며 오래 이야기 나누는 걸 좋아한다. 유럽의 야외 테이블은 실내가 비어 있어도 바깥은 만석일 때가 많다. 사람들은 선글라스를 쓰고 커피잔을 들고 햇빛에 눈을 찡그리며 웃는다. 누군가는 책을 읽고 누군가는 옆 사람 이야기에 조용히 고개를 끄덕인다. 그들은 삶의 한가운데 앉아 있는 듯했다. 그래서였을까. 그 장면은 늘 부러움의 대상이었다. 또 하나의 로망은 초록 잔디 위에 패브릭을 깔고 과일과 와인이 든 피크닉 바구니를 옆에 둔 채 마음껏 햇볕을 즐기는 장면이다. 그들의 느긋한 여유와 낭만이 부러웠다. 나도 언젠가 그 풍경의 일부가 되고 싶었다.

밴쿠버 사람들은 햇볕을 전혀 두려워하지 않는 것 같았다. 우리가 자외선 지수를 확인하고 선크림을 바르고 모자를 쓰고도 그늘을 찾는 것과는 한참 덜어 보였다.

노천카페에서 커피를 마시는 건 유럽 여행 때마다 해 봤다. 이번엔 캐나다에서 피크닉 장면을 흉내라도 내 보고 싶었다. 매트도 바구니도 없었지만, 잔디 위에 앉아 하늘을 오래 올려다보았다. 그 순간만은 로망이 현실이 된 듯했다. 바라던 그림으로 들어간 듯한 착각이 잠시 들었다. 그러나 그건 그리 오래가지 않았다.

캐나다에서 두 달을 지냈다. 첫 한 달은 정말 좋았다. 건조했지만 맑고 선명한 햇살이 주는 에너지 덕분에 뭐든 할 수 있을 것 같았다. 오후엔 산책하고 더우면 아이스크림을 먹으며 자박자박 걸었다. 해가 길어 저녁까지 환한 풍경이 낯설면서도 근사했다. 갱년기가 힘들어 왔는데 갱년기는 오자마자 달아난 듯했다.

한 달쯤 지나자 이상한 변화가 찾아왔다. 샤워를 하고 나면 피부가 따끔거리고 목과 얼굴이 붉어지며 견디기 힘들 만큼 가려웠다. 처음엔 이유를 몰랐다. 어느 순간부터 햇빛 아래 잠깐만 있어도 피부가 간질거렸다. 자외선 때문이겠거니 하고 대수롭지 않게 넘겼는데, 증상이 점점 심해졌다. 그제야 알았다. 찬란한 햇빛이 사실은 나를 괴롭히고 있었다는 걸. 그러던 어느 날, 어학원에서 만난 한국인 친구가 말했다.

"여기는 건조하고 햇살이 강해서 다들 한 번쯤 겪어요. 무엇보다 건조해서 주름도 더 잘 생겨요."

알로에 젤과 오일크림을 추천해 주었지만, 별 효과가 없었다. 피부는 여전히 가렵고 햇볕은 따가웠다. 그것은 더 이상 로망이 아니었다. 이제는 한국으로 돌아가고 싶었다.

한국에서는 이런 적이 없었다. 햇빛 아래 오래 있을 일도 드물었고 조금 노출되더라도 별문제 없이 지나갔다. 햇살은 무기가 돼 버렸다. 내 피부는 낭만을 즐기기엔 너무 민감했다. 다행히 딸은 괜찮았다. 딸의 건강한 피부를 보며 '아, 내가 정말 나이 들었구나.' 하고 웃음 섞인 한숨을 쉬었다.

사진 속 피크닉은 더없이 예뻤다. 잔디 위에 파스텔톤 패브릭을 펼치고 바구니엔 과일과 바게트 와인을 담아 두었다. 옆에는 툭 걸친 리넨 셔츠와 펼쳐 놓은 책 한 권. 햇살은 잔디를 부드럽게 감싸고 그 햇살 아래 사람들은 여유롭게 웃고 있었다. 그 장면이 내 로망이었다. 마트에서 산 복숭아를 통에 담고 치즈랑 바게트도 챙겼다. 당시 캐나다에서는 야외 음주가 안 돼 와인은 포기했다. 매트까지 챙겨 스탠리 파크와 잉글리시 베이로 자주 갔다. 하지만 현실은 로망과 조금 달랐다. 오래 앉아 낭만을 즐길 줄 알았는데, 가져간 걸 다 먹고 나니 슬슬 지루해졌다. 그 분위기 속에 머무는 게 생각보다 쉽지 않았다. 처음엔 좋았지만 곧 몸이 근질거렸고, 가만히 앉아 있는 시간이 불편하게 느껴졌다. 가만히 앉아 풍경을 즐긴다는 건 은근한 체력과 인내심이 필요했다.

예전에 노천카페 의자 하나만 봐도 앉고 싶었고 햇살 아래 걷는 사람을 부러워했다. 피부가 타고 땀이 흘러도 그건 낭만을 위해 기꺼이 치를 대가라 여겼다. 지금은 조금 달라졌다. 햇빛을 여전히 좋아하지만, 이제는 오래 머물지 않는다. 자외선 지수도 확인하고 그늘진 벤치를 먼저 찾는다. 햇볕을 쬐기보다는 풍경을 바라보는 게 더 좋다. 낭만은 사라진게 아니라 달라졌을 뿐이다. 이제는 먼 나라의 로망이 아니라, 나에게 맞는 로망을 즐기려 한다.

젊은 날의 햇살이 불꽃이었다면, 지금의 햇살은 쉼표다. 그늘에서 숨을 고르고 달려들기보다 한 걸음 물러나 오래 바라본다. 나이 들수록 햇살 하나에도 조심스러워진다. 아니, 더 겸손해진다.

9

맛있는 기억은 풍경이 된다

#암스테르담

여행에서 빼놓을 수 없는 게 음식이다. 여행을 다닐수록 현지 음식을 최대한 즐기려고 한다. 물론 처음부터 그랬던 건 아니다. 고추장에 컵라면은 기본으로 챙겨 다녔지만, 음식이 여행의 중요한 요소이고 그걸 잘 즐기는 게 여행을 잘하는 거라 여겨 이제는 적극적으로 그 나라 음식을 먹으려고 한다.

여러 나라를 다니며 많은 것을 보았고 먹었다. 독일의 담백한 빵, 이탈리아의 마르게리타 피자, 프랑스의 갓 나온 바게트처럼 본연의 맛을 지킨 음식들은 오래 기억에 남는다. 때로는 그 맛이 그리워 다시 가고 싶어진다.

아이들과 함께 다닐 때는 먹는 음식부터 달라진다. 달고 자극적인 음식을 좋아하기 때문에 예상치 못한 맛을 경험한다. 그중 하나가 암스테르담에서 먹은 팬케이크였다.

우리가 알던 팬케이크와는 달랐다. 갈색의 통통한 빵을 몇 층으로 쌓고 시럽을 뿌린 팬케이크와 달리, 얇게 구운 전 같은 두께에 웬만한 피자와 맞먹는 크기였다. 그 위에 바나나 슬라이스를 넉넉하게 올려 토치로 살짝 그을린 뒤, 초콜릿 소스를 사선으로 그어 코코넛 플레이크를 올렸다. 슈거파우더와 너트, 초코칩을 뿌렸고, 작고 하얀 그릇에 생크림이 곁들여 나왔다. 가장자리는 바삭하고 가운데는 쫀득했다. 너트와 초코칩의 식감에 생크림의 매끄러운 마무리가 완벽했다.

배가 고프지 않았고 단것도 즐기지 않았지만, 딸이 주문한 그 팬케이크는 끝까지 포크를 내려놓을 수 없었다.

'세상은 넓고, 팬케이크는 다양하구나.'

그곳은 도심의 한복판, 북적임 속에 자리한 세련된 식당이었다. 근처의 유명한 프렌치프라이 가게에 가려고 했지만, 줄이 너무 길어 포기하고 이곳으로 들어왔다. 딸이 아니었으면 시도조차 하지 않았을 것이다. 그날의 팬케이크 덕분에 암스테르담은 더욱 풍성하게 기억에 남았다.

벨기에는 관광지보다 초콜릿과 와플이 먼저 떠오른다. 막상 가 보면 의외로 작아서 허무한 '오줌싸개 소년' 동상 주변에는 와플 가게가 줄지어 있었다. 그중 오줌 싸는 소년의 성기 모양 와플을 처음 봤을 때 눈이 휘둥그레졌다. 그 모양 위에 빨간 하트 설탕 데코와 초콜릿, 코코넛 가

루까지 잔뜩 올려놓은 모습에 웃음이 터졌다.

"진짜 이걸 먹는다고?"

똑바로 보기조차 민망했다. 처음 본 그 와플은 도저히 먹을 용기가 나지 않아 사진만 찍었다. 토핑 종류가 워낙 다양해 한참을 고민한 끝에 겉은 바삭하고 속은 촉촉한 와플에 생크림, 딸기, 초콜릿 소스를 한껏 올려 먹었다. 디저트를 넘어 식감과 향이 어우러진 작은 축제였다.

벨기에는 감자튀김도 유명하다. 어떤 식당에 가든 감자튀김이 기본으로 나왔고 어디서나 두툼하고 바삭한 감자튀김을 곁들여 먹었다. 묘하게 중독적인 맛이었지만 자꾸 먹다 보니 느끼해졌다.

'이걸 매일 먹고 산다고? 살은 안 찔까?'

입은 행복했지만, 머리는 걱정했다. 잘 먹고 잘사는 그들에게 괜한 걱정을 하는 나 자신이 우스웠다.

"너나 잘하세요." 영화 속 대사가 생각났다.

"그래, 잘 먹고 잘 놀기나 하자."

이탈리아 음식에는 절제와 자신감이 동시에 보였다. 토마토소스, 모차렐라 치즈, 바질 딱 3가지만으로 만든 마르게리타 피자는 단순함으로 더 깊은 맛을 선사했다. 넓게 펴 바른 토마토소스 위에 살짝 녹은 모차렐라, 그 위에 올린 바질이 서로의 맛을 돋보이게 했다. 담백하고 신선

한 맛은 그날의 햇살처럼 맑았다.

화려한 장식은 없지만 한입에 황홀해지는 젤라토도 이탈리아의 별미고 작은 잔에 담긴 에스프레소도 마찬가지다. 처음엔 양이 적고 맛이 쓰다 느끼지만, 먹다 보니 깔끔한 여운이 오래 남았다.

이탈리아는 더하지 않아도, 작아도 충분하다고 말하는 나라 같았다. 덧붙이기보다 기본을 지키는 법을 일상처럼 살아내는 나라였다.

돌아보면, 여행지에서 먹은 음식들은 단지 배를 채우는 게 아니라 그 나라의 표정을 맛보고 우리가 함께 보내는 기억을 쌓는 과정, 즉 여행이었다. 팬케이크와 와플, 감자튀김이 그렇다. 음식과 함께 한 우리의 시간이 추억이 되어 차곡차곡 남아 있다.

길 위에서 배운 작고 단단한 여행 팁

변수가 많은 여행 속에서 나를 지켜준 현실적인 요령들

여행의 묘미는 예측할 수 없다는 데 있습니다. 그 예측 불가능함 때문에 마음이 쿵 내려앉게 됩니다. 이 부록은 소매치기, 연착이나 환승, 낯선 숙소처럼 여행 속 변수를 위한 작은 팁입니다.

1 소매치기를 피하는 가장 현실적인 방법들

1) 시선을 분산시키는 무리를 잘 보기

   남녀 여러 명이 수다스럽게 행동하며 시선을 분산시키는 경우가 많습니다. 이 유형을 기억하고, 사람이 많은 곳에서 긴장을 풀지 말기 바랍니다.

2) 가방은 가능한 한 개로, 몸 앞쪽에 매기

   사람이 붐비는 관광지, 지하철, 시장은 특히 주의가 필요합니다.

3) 여권 관리

원본은 늘 지니고 다닙니다. 종이 복사본 한 부는 캐리어에 보관하고, 스캔
본 한 부는 휴대폰과 이메일에 저장하면 좋습니다.

4) 핸드폰과 트렁크 관리

핸드폰에는 연결고리를, 가방에는 열쇠를 채워 두는 것이 좋습니다. 기차
이동 시에는 트렁크를 보관대에 고정할 수 있는 작은 자물쇠를 준비해 두
면 안전합니다.

2 비행기 연착과 환승 앞에서 마음을 지키는 법

1) 비행기 연착은 항공사의 사정, 날씨, 공항 상황에 따라 빈번히 일어납니다.
일정이 빡빡할수록 스트레스를 많이 받을 수 있습니다. 연착 가능성을 항
상 염두에 두는 것이 도움이 됩니다.

2) 환승 시간은 넉넉하게, 최소 2시간, 가능하면 3시간 이상 두는 것이 마음이
편합니다.

3 해외 숙소 체크포인트

1) 위치

시내 숙소는 가격이 비싸지만, 중간에 들어와 쉬었다 나가기 편리합니다. 트램 한 번으로 갈 수 있는 시 외곽 숙소는 시내보다 컨디션이 좋고 가격도 합리적이지만, 늦은 시간까지 시내를 즐기기에는 조금 피곤할 수 있습니다.

2) 교통 연결성

트램과 버스 정류장 근처에 숙소를 정하면 이동으로 인한 피로가 크게 줄어듭니다. 공항이나 기차역과의 연결도 중요합니다. 장거리 이동 후 무거운 캐리어를 끌고 걷는 일은 생각보다 힘듭니다.

3) 주변 편의 시설

카페와 마켓이 숙소 근처에 있으면 유용합니다. 아침 식사, 간단한 간식, 물과 과일을 사기에도 좋아 여행 중 시간을 절약할 수 있습니다.

4 여행의 변수와 마음가짐

1) 여행에서 생기는 변수에 대처하는 법은 생각보다 단순합니다. 변수를 없애려 애쓰기보다 누구에게나 일어날 수 있는 일이라고 생각하는 게 좋겠습니다. 그게 여행의 묘미이기도 하니까요.

2) 비용과 시간을 들인 여행을 제대로 즐기지 못하는 건, 어떤 변수보다 큰 손해입니다. 피할 수 없는 상황이라면 빨리 털어내고 기분 관리를 잘하는 게 현명합니다.

여행이 건네는
마지막 한 줄

#프랑스 #아랍에미리트 #크로아티아 #라오스
#이탈리아 #태국 #튀르키예 #캐나다

여행이 끝날 즈음 떠나온 길을 돌아보며 알게 된다.

멀리 가기 위해서가 아니라,

다시 나로 돌아오기 위해 여기에 왔다는 것을.

1

우박이 지나간 뒤에야 보이는 풍경

#콩트

"집이 없는 자는 집을 그리워하고

집이 있는 자는 빈 들녘의 바람을 그리워한다"

-「길 위에서의 생」 중에서

프랑스 남부의 한 언덕길에서 류시화 시인의 이 시가 떠올랐다.

그날 우리는 니스 근처, 콩트에 있는 숙소를 예약했다. 짐을 챙겨 떠나면서 나는 분명 낭만을 좇고 있었다. 남편이 '마을이 내려다보이는 전망 좋은 숙소'라는 문구를 보여줬을 때부터 멋진 풍경을 기대했기 때문이다. 웬걸, 출발하자마자 비가 내리기 시작했다. 좁고 구불구불한 산길을 오를수록 빗줄기가 굵어지더니 곧 앞이 보이지 않을 만큼 쏟아붓기 시작했다. 내비게이션이 가리키는 길은 끝이 없어 보였다. 창밖은 비에 잠겨 경치도 자취를 감췄다. 와이퍼는 연신 몸을 흔들었지만 앞은 보이지 않았다. 차창을 때리는 빗줄기는 점점 더 요란해졌다. 두두두둑—두

두둑. 우박 소리였다. 양철지붕에 감 떨어지던 소리, 처음엔 총알 같더니 이내 폭탄처럼 울려 댔다.

'야, 외국에서 이렇게 죽는구나.'

'렌터카 지붕이 찌그러지면 어쩌지?'

'차를 새로 사줘야 하나, 보험은 어디까지 되나?'

운전에 초집중하는 남편을 방해하고 싶지 않아 말을 아꼈지만, 끝내 한마디가 새어 나왔다.

"지붕 괜찮을까?"

남편은 짧게 대답했다.

"차가 그렇게 약하지 않아, 걱정하지 마."

그 말이 큰 위로가 되기엔 우박 소리가 너무 요란했다. 구슬만 한 우박이 차를 세차게 때렸다. 유리가 깨질까 봐 조마조마했다. 그 무력한 공포 속에서 렌터카부터 걱정하는 내가 더 무섭고 웃겼다.

우박은 도착할 때까지 그치지 않았다. 숙소는 마을을 내려다보는 고지대였다. 예약 사이트엔 '멋진 풍경', '언덕 위의 로맨틱한 집'이라는 설명이 붙었고 평점도 높았다. 언제 이런 집에서 지내보겠나 싶은 마음으로 예약했다.

아슬아슬하게 올라 도착한 집은 생각만큼 낭만적이지 않았다. 사진보다 좁고 눅눅했다. 멋진 걸 느낄 겨를이 없었고 전혀 로맨틱하지도 않았다. 우박 속을 헤치며 올라온 긴장 탓인지, 아무리 풍경이 좋아도 이 길을 다시 오를 자신이 없었다. 숙소는 조용했지만, 머릿속에는 아직 우박 소리가 들리고 벼랑길의 공포가 맴돌았다. 그날 나는 조용히 결심했다. 앞으로 숙소를 고를 때는 낭만이고 감성이고 다 제쳐두고, 시내 가까운 숙소만 고르기로.

날이 새자, 어제의 소란은 온데간데없이 사라지고 고요한 정적이 우릴 깨웠다. 창문을 비집고 들어온 한 줄기 햇살이 하얀 커튼을 물들이며 방을 기웃거렸다. 마치 아무 일도 없었다는 듯, 시치미 뗀 밝은 햇살이었다. 그래도 잘 왔지? 하는 속삭임처럼.

두려움 속에 도착한 어제와 달리, 오늘에서야 비로소 이 숙소에 온 것만 같았다. 우리는 신발을 신고 밖으로 나섰다. 어제는 보지 못했던 니스의 멋짐과 로맨틱을 만나러, 우박이 선물한 또 하나의 추억을 안고. 여행은 늘 그렇다. 지나간 폭우가 오늘의 햇살을 더 빛나게 한다.

2

에펠탑의 위트, 빨간 화장실

#파리

에펠탑 앞에 섰을 때 매우 당황스러웠다. 사진 속에서 본 우아함은 찾아볼 수 없고 생각보다 훨씬 더 큰 철골 구조물이 괴물처럼 보였다. 중간중간 그물망까지 얹혀 있으니 감탄 대신 공포가 느껴졌다.

'이게 내가 그토록 꿈꿔왔던 낭만이었나?'

'내가 에펠탑에 가스라이팅 당하고 있었나?'

그날은 하필 비가 몰아치고 바람이 거센 10월 초의 오후였다. 파리의 낭만을 느낄 틈도 없이, 춥고 축축한 거리를 돌아 에펠탑에 도착했다. 그토록 보고 싶었던 에펠탑 앞에서, 구경하기보다 따뜻한 실내로 얼른 들어가고 싶은 마음뿐이었다.

에펠탑 꼭대기까지 오르려면 현장에서 표를 사야 했다. 3층까지 올라가는 엘리베이터를 타려는 사람이 워낙 많다기에 걱정했으나 날씨가 추워서인지 생각보다는 복잡하지 않았다. 그때 딸이 말했다.

"2층까진 걸어서 올라가고, 거기서 엘리베이터 타면 돼. 그게 더 빨라."

바로 발길을 옮겨 계단을 오르기 시작했다. 1층까지는 57미터, 대략 14층 높이였다. 줄도, 사람도 거의 없었다. 가격도 더 저렴했다. 한참을 올라야 했으나 그 선택이 묘하게 뿌듯했다. 마치 '진짜 에펠탑을 경험하는 길'을 택한 것 같았다. 철골 구조의 속살을 보면서 올라가니, 바깥에서 봤던 을씨년스러운 기분이 조금씩 사라지고 걸음마다 달라지는 파리 풍경이 조금씩 눈에 들어오기 시작했다. 사진으로 본 적 없는 내부와 에펠탑과 파리가.

1층에 도착하니 작은 비스트로가 있었다. 우리는 망설일 틈도 없이 따뜻한 커피와 핫초코, 크레페를 주문해 몸을 데웠다. 떨리던 몸이 조금 녹는 것 같았다. 몸이 따뜻해지니 마음도 풀렸다. 그제야 곁에 앉은 딸이 또렷이 보였다. 알아서 척척 검색하고 불필요한 수고를 미리 덜어주는 딸이다. 생각보다 추운 날 지금 곁에 딸이 함께 있다니, 다행스럽고 감사해서 딸의 머리를 쓰다듬었다.

몸을 녹이고 전망대 가는 엘리베이터를 타기 전에 화장실에 들렀다. 화장실 문을 열고 들어가자, 온통 빨간색으로 꾸민 화장실이 눈앞에 펼쳐졌다. 이토록 대담한 색의 화장실이라니. 어리둥절하며 발을 들이지 못하고 돌아설 뻔했다. 설치미술 전시장에라도 온 줄 알았다. 실내문도 빨갛고, 세면대도 빨갛고, 타일 벽, 심지어 변기마저 빨갛다. 너무 강렬해서 살짝 어지러웠고 '정말 작품 전시 중인가?' 하는 생각까지 들었다.

"여기가 화장실이라고?"

여행 다니면서 화장실 사진을 찍고 싶었던 건 처음이었다. 심지어 이 이야기를 글로 쓸 거라곤 상상도 못 했다. 철골 틈 사이에서 만난 붉은 화장실은 에펠탑의 위트 같았다.

2층에서 엘리베이터를 타고 꼭대기에 도착했다. 도시의 윤곽은 멀어지고 시야는 넓어졌다. 저 멀리 몽마르트 언덕과 사크레쾨르 성당, 앵발리드 돔 성당이 보였다. 네모반듯한 건물과 저 멀리 띄엄띄엄 솟은 건물들, 그리고 대체로 낮게 펼쳐진 파리가 저 끝까지 이어져 하늘과 맞닿아 있는 듯했다. 그때, 광고 속 배경에서 걸어 나와 여기에 서 있다는 현실감이 들었다. 카메라가 보던 파리가 내 눈으로 직접 보고 내 발로 걸은 도시가 된 것이다.

몇 시간 전, 에펠탑을 도착했을 때는 흉물스러운 철 구조물이라 반대했던 사람들이 이해됐다. 실내를 걸어 보고 전망대까지 다녀온 뒤 다시 보니, 철거 위기를 겪고 파리의 랜드마크로 남은 에펠탑의 품위가 보였다. 이 안에 숨은 이야기들, 위에서 내려다본 조망, 아래에서 올려다본 경관, 사람을 이곳으로 불러들이는 존재감까지. 선입견을 지우고 바라보니, 에펠탑은 이미 오래전부터 제 역할을 묵묵히 해내고 있었다.

한 구도로만 사물을 보지 않고 여러 각도에서 볼 것, 편견으로 판단하지 말 것, 다른 것을 틀렸다고 여기지 말 것. 여행자가 가져야 할 태도란 걸 다시 새겼다. 피곤하고 추워서 선입견으로 돌아설 뻔했던 나에게 에펠탑이 알려준 것이다.

에펠탑의 빨간 화장실

에펠탑

3

어린 왕자가 지나간 사막

#아부다비

"사막이 아름다운 건, 어딘가에 우물이 숨어 있기 때문이야."

『어린 왕자』의 이 문장을 읽었을 때, 내 마음속에도 작은 사막 하나가 생겼다. 그 사막엔 나만의 우물이 숨어 있을 것만 같았다. 고요하고 투명해서 나 자신을 마주할 수 있을 것만 같은 우물 말이다.

사막이 아름답기만 한 곳은 아니라는 걸 여행을 다니며 배웠다. 이탈리아로 떠나는 길, 경유지인 아부다비에서 이틀을 머물기로 했다.

사막은 연한 황금빛으로 부드럽게 굽이치며 펼쳐졌다. 햇빛이 쏟아지자, 모래알 하나하나가 유리 조각처럼 반짝였다.

'나, 드디어 사막에 왔어. 어린 왕자처럼!'

하, 이 말은 너무 일찍 터뜨린 샴페인이었다.

타이어 공기를 약간 뺀 밴에 오르는 순간부터 스릴은 시작됐다. 운전

사는 안전띠를 맸는지 확인했고 출발하자마자 곡예를 하듯 달리기 시작했다. 우리는 소리를 질렀고 운전사는 비명에 더 속도를 냈다. 모래 언덕에선 정신 차릴 틈도 없이 전속력으로 달렸다.

처음엔 신났다. 온몸이 들썩이고 머리가 벽에 부딪히고 서로의 어깨에 부딪혔다. 일행 전체가 좌우로 기울어졌다 앉기를 반복했다. 어린 왕자가 아니라 코믹 영화의 주인공이 된 것 같았다. 그러나 신남은 잠시였다. 곧 속이 뒤집힐 듯 울렁거리고 머리가 아프고 명치께가 묵직하게 조여왔다. 숨을 고르려 창문을 열었지만, 달리는 차에선 소용없었다. 결국 참지 못하고 소리를 질렀다.

"잠깐만요."

같이 탄 파나마 커플과 함께 밴은 사막 한복판에 멈췄다. 나는 내리자마자 모래 위에 구덩이를 파고, 사막에 대한 모든 환상을 토해냈다.

사막 투어 후, 해거름에 도착한 식당은 모래 위에 카펫이 길게 깔려 있고 그 위에는 낮은 테이블과 쿠션이 놓여 있었다. 지붕 없는 식당이다. 둘레엔 야자잎과 목재를 엮은 반원형 천막이 서 있고, 그 안쪽으로 뷔페 음식과 바, 화장실이 있었다. 낮은 천장, 거칠게 엮은 지붕 틈으로 은은한 불빛이 번졌다. 전통 음악이 흘렀고, 화려한 옷차림의 댄서가 무대 위에서 춤을 췄다. 몸을 한 번 돌 때마다 천 조각이 흩날렸고, 북소리는 낯선 리듬으로 가슴을 두드렸다.

"드실 수 있겠어요?"

밴을 몰았던 기사가 물었지만, 나는 고개를 젓고 조용히 자리를 빠져 나왔다. 텐트 뒤쪽으로 가니 완만한 모래 언덕이 보였다. 맨발로 천천히 올랐다. 모래는 아직 따뜻했고, 하늘은 서서히 붉게 물들고 있었다.

사막 위이 홀로 앉았다. 멀리서 음악만 희미하게 들릴 뿐, 바람도 잠 잠했다.

'나는 하루에 마흔네 번이나 해지는 걸 보았어.'

어린 왕자는 마음이 슬플 때면 해지는 걸 본다고 했다. 장미와 멀어진 마음, 이해받지 못한 사랑, 작은 별에서의 고독. 예전엔 그저 감성적인 문장이라 여겼다. 오늘 사막의 노을 앞에 앉아 있으니 알 것도 같았다. 아무 말도 들리지 않고 누구에게 설명하지 않아도 되는 시간. 해는 사막 언덕 너머로 서서히 몸을 낮췄다. 붉은빛은 모래알 하나하나에 스며들 듯 퍼졌고, 눈을 깜빡일 때마다 색이 달라졌다. 이렇게 어여쁜 노을이라 면 나도 마흔네 번은 족히 해넘이를 볼 수 있을 것만 같았다. 내가 바라 보는 걸 알 리 없는 해는 그렇게, 조용히 모래 언덕을 넘어갔다.

그 후 친구들과 시드니 외곽의 작은 사막에도 가 봤으나 진짜 사막에 대한 갈증은 여전히 남아 있다. 어린 왕자가 한참을 헤맸을 길, 뱀이 숨 고 우물이 숨어 있을 것 같은 광활한 사하라 사막에 가 보고 싶다. 두 번의 사막에서 찾지 못한걸, 어쩌면 그곳에서 다시 마주치게 될지도 모른다. 그 사막 끝에 무엇이 있을지 궁금하다.

그래서 나는 또 다른 사막을 꿈꾼다. 그건 풍경을 보러 가는 일이 아니라, 내 마음속 우물이 어디 있는지를 확인하러 가는 일일지도 모른다. 어쩌면 이전의 경험과 크게 다르지 않을 수도 있다. 그렇다면 그건 '가장 중요한 것은 눈에 보이지 않아.'라는 말을 다시 새기기 위한 여정일지도 모른다. 인생이 끝날 때까지도 인생이 무엇인지 모르는 것처럼.

4

다시 읽는 동화 같은 산책길

(#플리트비체) (#꽝시)

나이 들어가니 여행 방식이 달라진다. 유적지나 도시를 찾아가는 여행도 좋지만, 해가 갈수록 자연 속을 걷는 여행이 더 끌린다. 물과 숲, 빛이 어우러지는 길을 걸을 때 몸과 마음이 함께 맑아진다.

크로아티아 플리트비체 국립공원은 동화책처럼 반짝였다. 물빛, 이 물빛을 어떻게 설명해야 할까? 파란가 싶으면 초록이고 가까이 다가가면 하늘색이 된다. 폭포에서 떨어지는 물은 새하얀데, 흰 물줄기가 모여 어느새 초록빛이 된다. 호수가 시시각각 오묘한 빛을 선보이고 있었다. 계단처럼 이어진 폭포는 숲으로 사라졌다가 호수로 돌아 나온다. 크로아티아에서도 제일 아름다운 공원으로 손꼽히는 곳이다. 숲과 물이 저들끼리 말을 주고받으며 매일매일 새로운 동화를 쓸 것 같은 곳, 누군가 신비로운 얘기를 들려주고 간 듯한 플리트비체.

호숫가를 걸으니, 눈이 바빠졌다. 물빛, 나뭇잎, 물속을 헤엄치는 물고기, 햇살의 반짝임까지 어느 하나도 놓치고 싶지 않아 고개를 이리저리 돌리며 아이처럼 들떴다.

"이 길의 끝에 요정이 있어도 이상하지 않겠다."

그런데 그때, 동심에 빠진 탓일까? 요정이 심술이라도 부린 걸까? 우리 앞에는 암담한 현실이 기다리고 있었다. 코스 중간쯤부터 사람들이 한꺼번에 몰려들며 데크 위가 물소리와 웅성거림으로 바뀌었다. 그 틈에서 남편과 엇갈렸다. 형님과 사진을 찍느라 잠깐 멈춘 사이, 남편이 어느새 시야에서 사라졌다. 사람들 사이에서 그의 뒷모습을 찾으며 발걸음을 재촉했지만, 끝내 보이지 않았다.

'입구에서 만나지겠지.'

애써 마음을 달래 보았지만, 파도처럼 밀려오는 생각들은 좀처럼 가라앉지 않았다. 서둘러 입구에 도착했을 땐 온몸이 물에 젖은 듯 늘어지고 마음도 함께 축 처졌다. 거기에도 남편은 없었다.

누구 하나 뾰족한 대책을 내지 못한 채, 우리는 그 자리에 멈춰 서 있었다. 시간이 갈수록 가슴 언저리가 서서히 죄어 오는 듯했다. 눈은 계속 입구 쪽을 향한 채, 지나가는 사람들의 얼굴을 하나하나 훑었으나 그는 없었다. 30분쯤 지나자, 다리에 힘이 빠지고 마음이 더 무거워졌다. 이젠 최악의 상황들이 차례로 상상되었다.

'혹시 어디 다친 건 아닐까?'

'다른 출구로 나간 건 아닐까?'

숲은 여전히 고요했지만 내 마음속에는 열기와 짜증이 피어올랐다. 이 좋은 곳에 와서 여행도 제대로 못 하고 시간만 보내고 있다니. 실종 신고할 수도, 왔던 길을 되돌아갈 수도 없어 기다릴 수밖에 없었다.

'동화는 무슨 동화.'

그렇게 중얼거리던 순간, 사람들 틈에 그의 얼굴이 보였다. 걱정스레 기다린 나와 달리 그는 편히 풍경을 즐기고 온 듯 태연했다. 반가움과 얄미움이 동시에 밀려왔다.

"도대체 어디 갔었어요?"

남편은 상황을 전혀 이해하지 못한 눈빛으로 되물었다.

"내가 뭐? 길 따라 천천히 왔을 뿐인데."

여러 갈래의 길 중에 우리와 다른 길을 간 듯했다.

"어이구 진짜, 요정보다 더 찾기 어렵네."

그 말에 모두 웃음을 터뜨렸다. 긴장이 스르르 풀리자, 잊고 있던 풍경이 다시 눈에 들어왔다. 저 아래 펼쳐진 물, 나뭇잎 위에 흩어진 햇살, 묵묵히 걷는 사람들. 조금 전까지만 해도 산산이 부서진 불길한 동화 같았는데, 다시 그 조각을 주워 담는 기분이었다.

그 이후, 라오스의 꽝시 폭포를 찾았을 때 플리트비체가 생각났다. 계단식으로 흐르는 물, 에메랄드빛 웅덩이, 초록에 잠긴 듯한 숲의 적막함까지. 많은 게 닮은 폭포였다. 하지만 꽝시에서 우리는 조금 달랐다. 각자의 속도로 숲길을 따라 걸었다. 조용한 물소리, 멀리서 들려오는 아이들의 웃음소리, 나뭇잎 스치는 소리까지 모든 것이 평화로웠고 우리는 천천히 서로의 걸음을 맞췄다. 그곳에서는 누구와도 엇갈리지 않았고, 마음은 서두르지 않았다. 플리트비체에서 동화가 한순간 조각나는 경험을 했다면, 꽝시에서는 그 그림 속으로 조용히 스며드는 기분이었다.

두 곳은 풍경은 닮았지만, 그 속에 비친 내 마음은 서로 달랐다. 풍경이 나를 바꾼 게 아니라, 그 풍경을 바라보는 마음이 달라진 것이었다. 어쩌면 두 곳은 다른 종류의 동화였는지 모른다. 모든 동화가 다 아름답기만 한 건 아닌 것처럼.

꽝시

플리트비체

5

창가에서 만난 나만의 두오모

#피렌체

유럽의 도시는 광장을 중심으로 펼쳐진다. 그래서인지, 광장을 벗어나 골목 어귀에서 우연히 마음을 사로잡는 가게를 발견하는 순간은 보물찾기 끝에 얻은 선물처럼 짜릿하다.

피렌체의 두오모를 감상한 곳은 광장이 아닌 좁은 골목 안이었다. 숙소 주인이 '비밀 장소'라며 귀띔해 준 곳, 오블라테 도서관이었다. 이곳은 엄숙한 도서관이라기보다 사람들이 책을 읽고 커피를 마시며 노트북을 펴 놓고 낮은 목소리로 이야기를 나누는, 카페 같은 분위기였다. 나는 에스프레소 한잔을 들고 창 너머 두오모 돔을 바라봤다. 먼 나라에 비밀스러운 나만의 아지트를 발견한 기분이었다.

몰래 올라간 다락방에서 창문 너머로 별을 바라보듯, 세상과 살짝 비켜선 곳이었다. 그곳에서 두오모의 심장 소리를 들을 수 있었다. 그날은 비가 오다 그치기를 반복했고, 나는 하늘색에 따라 바뀌는 돔을 한참이

나 보고 있었다. 흐릴 때는 회갈색으로 엄숙해 보이다가, 해가 나면 붉은빛으로 성당 전체가 살아 움직이는 것 같았다.

두오모는 크기로 압도하지 않는다. 감탄을 강요하지 않고, 손끝으로 만지고 싶도록 정교해 보였다. 두오모의 외벽은 가까이 다가설수록 오히려 더 낯설어졌다. 대리석의 나라답게 흰색, 녹색, 분홍색이 차곡차곡 쌓여 마치 섬세하게 짜인 직물 같았다. 수직과 수평의 균형, 색의 조화, 창문의 세밀한 패턴까지. 반복 속에서 조금씩 달라지는 문양은 신을 향한 인간의 고백인 듯 조심스럽고 강렬했다.

두오모의 외벽을 바라보니 프랑스 마르세유의 노트르담 대성당이 떠올랐다. 그곳 역시 기하학적 무늬가 인상적인 곳이었다. 하지만 두 성당은 닮은 듯하면서도 전혀 다른 분위기를 품고 있다. 마르세유의 성당은 바다를 등지고 언덕 위에 당당히 서 있었다. 외벽의 줄무늬는 파도를 막아내는 단단한 갑옷 같았고, 그 안에는 흔들림 없는 의지가 느껴졌다.

반면 두으모의 선과 색은 부드럽고 섬세했다. 반복되는 듯하면서도 조금씩 달라지는 무늬는 같은 말을 매일 다른 목소리로 건네는 사람 같았다. 도시 한복판에 있으면서도 묘하게 숨 쉴 틈이 느껴졌고 마음을 천천히 끌어당기는 멋이 있었다.

두 성당 모두 화려했지만, 감정의 결은 달랐다. 하나는 바람을 막는 성벽 같았다면, 다른 하나는 햇살을 머금은 여인처럼 우아했다.

두오모를 마음에 새기게 된 건 영화 〈냉정과 열정 사이〉를 본 후였다. 오래전에 헤어진 연인이 마지막 약속을 지키기 위해 성당을 찾아오는 장면이 인상적이었다. 하늘 아래 두오모는 사랑의 증인이 된 듯 묵묵히 그 자리에 있었다. 영화를 보며 사랑은 그렇게 극적이고 아름답고, 때로 아플 수 있다고 믿었다. 그 장면을 사랑했고, 언젠가 나도 저들처럼 사랑하기를, 가끔 꿈에서 바라곤 했다.

하지만 인생은 영화와 달라, 나는 남편과 이곳을 찾았다. 지금 창 너머 두오모를 바라보며 가슴이 저릿하다기보다, 조용히 미소가 지어진다. 누군가와 약속한 것도, 돌아와야 할 이유도 없지만 오랫동안 두오모는 영화처럼 기억될 것이다.

시간 가는 줄 모르고 돔을 바라보다 보니 어느새 성당 문이 닫혔다. 다시 온다는 약속은 남기지 못했지만, 언젠가 남편과 함께 돔 위에 설 날을 기다려 본다.

도서관 창가에서 바라봤던 붉은 돔은 여전히 마음에 남아 있다. 모든 여행이 특별할 필요는 없다. 단 한 번이라도 한자리에서 잠시 마음이 머물렀다면 그것으로 충분하다. 피렌체의 두오모는 내게 그런 자리였다. 모두가 올려다보는 그 성당을, 나만의 창으로 바라본 기억.

창문을 열어 바람을 맞고 햇살을 드리운다. 창은, 문득문득 나를 그날
로 데려다준다.

피렌체 두오모

두오모 전경

마르세유 노트르담 대성당

6

사람이 풍경이 되는 도시

#로마

여행을 하다 보면 어느 순간 마음이 자연스레 느슨해질 때가 있다. 예기치 못한 눈빛과 말 한마디에 가슴이 따뜻해지는 경험을 했다. 언어와 삶은 달라도, 인간끼리 나눌 수 있는 온도가 있다. 일정이나 명소가 아닌 사람이 주는 즐거움, 환대다.

소설가 김영하는 『여행의 이유』에서 "준 만큼 받는 관계보다, 누군가에게 준 것이 돌고 돌아 다시 나에게로 돌아오는 세상이 더 살만한 세상이 아닐까. 이런 환대의 순환을 가장 잘 경험할 수 있는 게 여행이다."라고 썼다.

여행을 할수록 이 문장이 공감된다. 로마에서 만난 사람들 때문이었을까. 그들이 무엇을 줬기 때문이 아니라, 마음을 건네는 방법을 봤기 때문이다. 계산하지 않은 과일 한 접시, 우연히 다시 마주친 사람과의 인사, 낯선 집에서 함께 마신 와인 한 잔. 그 작은 환대에 오래 머물렀다.

거기엔 아무런 조건도 대가도 없었다. 그들은 건넸고 나는 담담히 받았다. 여행이 특별한 건 새로운 장소와 풍경 때문이 아니라, 작은 마음끼리 전하는 온기 때문이라는 것을 느꼈다. 그런 만남이 쌓이자 나도 달라졌다. 낯선 사람을 덜 경계하게 되었고, 먼저 웃으며 인사하는 법을 배웠다. 말하자면, 환대의 순환 속에 조용히 발을 담갔다.

그 시작은 로마였다. 아직도 도시의 골목 냄새와 사람들의 웃음, 그날의 햇살을 선명하게 기억한다. 로마의 성 파올로 성당으로 가는 길은 시내와는 또 다른 분위기라 낯설었다. 더위 때문이었을까, 모르는 도시에서 오는 긴장감 때문이었을까. 우린 금방 지쳐서 카페에 들어갔다. 작은 카페의 야외 테이블에 앉았다. 남편이 화장실에 다녀오겠다고 안으로 들어갔다. 나는 조용히 사람들을 바라봤다. 옆 테이블에는 직원들로 보이는 사람들이 점심을 먹고 있었다. 눈이 마주칠 때마다 서로 가볍게 미소를 주고받았다. 별말은 없었지만, 공기는 부드러웠다. 우리가 에스프레소를 마시고 있을 때, 주인이 다가와 작게 자른 과일 접시를 내밀었다.
"서비스예요. 그냥 드세요."
작은 과일 한 접시였지만, 그 따뜻함이 여행의 긴장을 풀어 주었다.
그렇게 이야기가 시작됐다. 7년 전 로마에 유학 온 한국인과 친구가됐다고 했다.
"한국 사람들 좋은 사람들이에요."

그는 흥분한 목소리로 종이 한 묶음과 지퍼백을 꺼냈다. 지퍼백을 열어 잘게 썬 갈색 담뱃잎을 손가락 두 개로 집어 종이 위에 길게 펼쳤다. 한쪽 끝에서부터 조심스럽게 말아 올리더니, 끝을 침으로 발라 붙였다. 완성된 막대를 테이블 모서리에 두세 번 가볍게 두드려 내용물을 가라앉혔다.

남편이 신기한 듯 물었다.

"직접 만들어 피우는 거예요?"

그렇다며, 다시 담배 마는 시범을 보이며 남편에게 차근차근 설명했다. 완성한 담배를 손가락으로 돌려 보이며 장난스럽게 말했다.

"사진 찍어요. 한국에 가서 보여줘요."

동영상도 남기라며 다시 포즈를 취했다. 그의 손끝과 표정에서 유쾌함과 여유가 묻어났다.

그 순간, 처음 보는 사람에게도 이렇게 너그러울 수 있음을 배웠다. 말이 완벽하게 통하지는 않았지만, 마음은 자연스럽게 이어졌다. 마지막으로 그는 명함을 내밀며 웃었다.

"한국에 가면, 우리 가게 많이 광고해 주세요!"

농담을 주고받고 우린 헤어졌다. 오래되었으나, 아직도 그의 목소리와 과일의 색감이 또렷하다.

트라야누스 시장 유적지를 둘러보고 베네치아 광장 쪽으로 걸어갈 때였다. 햇살은 강했고 돌길은 울퉁불퉁했다. 몰려드는 사람들로 어지러웠다. 그러다 모퉁이에서 걸음을 멈췄다. 그늘에, 거리의 화가가 수채화를 펼치고 있었다. 로마의 골목, 유적, 비에 젖은 거리. 번진 물감 속에 다른 로마가 있었다. 가까이 가서 들여다보았다. 그는 말없이 한 장씩 꺼내 보여주며 사라고 내밀었다. 처음엔 미소로 넘겼다. 예쁘긴 했지만, 꼭 사야겠다는 마음은 없었다.

"기념으로 하나 사자. 맘에 드는 걸 골라." 남편이 말했다.

하나를 집었다. 아쉬웠다. 두 장을 더 골랐다. 한 장에 30유로였지만, 세 장을 사자 조금 깎아주었다. 기분 좋게 인사를 나누고 헤어졌다.

며칠 뒤, 버스 안에서 다시 그를 만났다. 처음 본 사람은 아닌 것 같은데, 어디서 봤는지 떠오르지 않았다. 남편과 눈짓으로 '누구였지?' 하고 있는데 그가 먼저 말했다.

"그림."

그제야 웃음이 터졌다. 우리는 반가움에 인사를 나누었고, 그는 우리가 내릴 때까지 한국에 대해 이것저것 물었다. 여행 이야기도 나누었다. 마치 서울 한복판에서 김 서방을 찾은 것 같은 기분이었다. 낯선 도시의 버스 안, 익숙한 눈빛 하나만으로 마음이 풀리는 순간이었다. 내가 산 그림은 로마의 풍경이 아니라, 그날의 기분과 그 사람의 표정까지 담겨 있었다. 그 작품은 내게 건넨 작은 환대였다.

6월의 로마는 상상보다 더 붐볐다. 관광객이 몰리는 성수기라 시내 중심의 숙소들은 눈이 휘둥그레질 만큼 비쌌다. 늘 가족 단위로 단독 숙소를 사용했지만, 이번엔 달랐다. 남편과 단둘이라 주인이 함께 사는 집을 선택했다. 화장실과 샤워실은 따로였지만, 주방은 함께 써야 했다. 조금 망설여졌다. 같은 공간에 누군가 있다는 사실이 여행자의 느슨한 리듬을 방해할 것 같았다.

그 집은 조용했고, 주인은 말수가 적었다. 그는 자신을 음악하는 사람이라고 소개했다. 우린 아침 일찍 나가고 그는 저녁 늦게 들어오는 경우가 많아 서로 마주칠 일이 거의 없었다. 오히려 그것이 편안했다.

그러던 어느 날 저녁, 그가 스파게티를 삶고 있었다.

"드실래요?"

쑥스럽게 묻는 말에 고개를 끄덕였다. 함께 저녁을 먹으며 이야기를 이어갔다. 며칠 뒤 그는 집에 있는 와인들을 꺼내 맛보라고 권했다. 우리는 와인을 마시며 낯선 사람의 마음을 천천히 알아갔다.

헤어지기 전날, 우리도 작은 식탁을 준비했다. 여행 가방에서 햇반과 김, 볶은 김치를 꺼내고, 근처 마트에서 고기를 사 와서 구웠다. 쌈장을 그의 접시에 살며시 올려주었더니 맛있다며 연신 고개를 끄덕였다. 언젠가 여자 친구와 함께 한국에 가 보고 싶다고 했다.

"한국에 오면 꼭 연락하세요. 여행 일정을 저희가 도와드릴게요."

그날 밤, 주인과 손님의 경계는 사라졌다. 같은 음식을 나누고, 각자의 언어로 웃었다. 와인과 쌈장이 서로의 나라를 넘나들었다. 환대 속에서 우리는 작은 가족이었고 이웃이었다.

과일 한 접시를 건네고 담배를 말던 카페 주인의 손, 버스 안에서 "그림!"이라고 말하며 웃던 화가의 눈빛, 낯선 주방에서 쌈장을 맛보던 에어비앤비 주인의 표정. 우리는 누구에게나 익명의 타인이지만, 가끔은 예상치 못한 친절 앞에서 마음이 풀어진다. 준 만큼 돌려받지 않아도, 건넨 마음이 어딘가에 남아 있다는 사실. 그것이 환대의 힘이었다.

로마에서 만난 사람들에게서 그런 세계를 잠시 엿보았다. 이제는 나도 그 순환의 한 귀퉁이를 잇고 싶다. 커피 한 잔에 건네는 미소든, 길 위에서 주고받는 말 한마디든, 누군가의 하루에 작은 온기가 된다면 기꺼이 응하리라. 내가 받은 만큼, 아니 그보다 더.

7

태국에서 함께 보낸 열흘

#방콕   #아유타야

환대는 먼 곳에만 있는 게 아니라 가까이 있는 사람과도 나눌 수 있는 것이다.

태국은 아들과 단둘이 떠난 첫 여행지였다. 아들딸과 각자 단둘이 여행하는 것이 내 작은 버킷리스트였다. 딸과는 1년 전 밴쿠버를 다녀왔고 이번에는 아들과 열흘을 함께 보냈다. 오래도록 얼굴을 바라볼 수 있다는 생각에 은근히 설렜다. 그렇게 우리는 방콕에서 가장 북적이는 거리, 카오산 로드 한가운데 숙소를 잡았다.

카오산 로드는 밤의 거리였다. 낮에는 한산하고 평범한 골목처럼 보였지만, 밤이 되면 전 세계 젊은이들이 쏟아져 나왔다. 귀를 찌르는 음악, 몸을 흔드는 사람들, 눈앞에서 막 구워내는 바나나와 팟타이까지. 주문할 때는 손짓으로 가리키거나 단어만 툭 던져도 통했다. 이걸 아들이 유난히 잘했다. 처음에는 정중하고 완전한 문장으로 물었다가 잘 통하지 않자, 곧 핵심 단어만 뚝뚝 끊어 말하기 시작했다. 오히려 그편이 더 빨랐다. 신기하고 든든했고 조금 웃겼다.

카오산 로드에는 한국인이 운영하는 관광투어 가게도 많았다. 우리는 매일 다른 곳을 골라 떠났다. 가장 먼저 향한 곳은 수상시장이었다. 배를 타고 운하를 따라 이동하며 물건을 파는 인기 있는 관광지였다. 물 위엔 정말 많은 보트가 떠다녔다. 상인과 관광객을 태운 모터보트와 작은 배가 지날 때마다 바다 못지않은 물결을 일었다. 과일과 기념품은 물론 간식과 음료도 팔았다. 물 위에 서 있다는 점을 빼면, 다른 시장과 크게 다르지 않았다. 시장 특유의 시끌벅적한 정겨움이 있고 흥정이 있었다.

같은 날 들른 매끌롱 철길 시장도 잊을 수 없다. 물 위에 서는 수상시장과 달리 철길 시장은 그야말로 기찻길 위에 선 시장이었다. 각종 채소와 과일을 파는 가게가 좁은 기찻길을 사이에 두고 줄지어 있었다. 위험천만해 보였다. 사람들은 물건을 펼쳐 놓고 팔다가 기차 소리가 들리면 순식간에 선로 위 물건과 천막을 걷고, 재빨리 비켜섰다. 기차가 지나가면 또 아무 일 없었다는 듯 선로에 물건을 깔았다. 눈앞에서 펼쳐지는 풍경이 아이러니한 영화 같았다. 이들의 위험한 일상이 누군가에겐 관광 상품이 된다는 사실이, 조금 서글펐다.

도시 전체가 유네스코 세계 문화유산인 아유타야는 우리나라 경주와 비슷한 분위기였다. 한때는 태국의 수도였고 지금은 거대한 유적과 붉은 벽돌이 남아 있는 도시였다. 그중에서 가장 인상적인 건, 마핫타 사원의 보리스 뿌리에 갇힌 불상 머리다. 미얀마군에 의해 훼손된 불상들 사이, 어떻게 머리만 보리수나무 뿌리에 끼어 있게 되었는지는 아무도 모른다고 했다. 잠든 듯, 괴로운 듯, 뿌리 속에 머리를 묻은 불상을 보니 절로 숙연해졌다. 옆 표지판에는 기념사진을 찍을 땐 부처보다 낮은 자세를 취하라는 안내 문구가 적혀 있었다. 아유타야는 활기찬 방콕과는 또 다른 얼굴이었다. 흘러간 시간은 유적이 되고, 아픈 시간은 역사에 묻힌다. 우리는 역사의 한복판에서 우리의 현재를 과거로 흘려보냈다.

파타야에서는 바다로 하루를 열었다. 하늘은 파랗고, 바다는 그보다 더 파랬다. 배를 타고 바다 한가운데까지 나가 스노클링을 하기로 했다. 점점 깊어지는 바다를 보며 속으로 계속 투덜거렸다.

'굳이 이렇게 깊은 곳까지 올 필요가 있을까?'

긴장했기 때문이다.

아들은 이미 구명조끼를 입고 물속에 들어가 손을 흔들며 나를 불렀다. 나는 조심스럽게 사다리를 타고 내려갔다. 사다리가 끝나고 발끝을 내려보았지만, 바닥이 느껴지지 않았다. 깜짝 놀라 다시 보트의 밧줄을 꽉 붙잡았다. 돌아가고 싶었다.

그때 아들이 다가와 손을 내밀었다. 아들이 이끄는 손을 잡고 물속을 들여다보다가 조심스럽게 발을 흔들었다. 몸이 떠올랐다. 그 순간, 나의 보호자는 내가 아니라 아들이었다. 내 손에서 자란 아이가 겁 많은 엄마를 이끌고 있었다. 바다에서 우리는 역할이 바뀌었다.

조금씩 물에 익숙해질 즈음, 아들이 살며시 손을 놓았다. 몸이 순식간에 기울며 물속으로 들어갔다. 밑에서 누가 잡아당기는 것만 같았다. 발버둥 쳐도 올라가지질 않았다. 머리 위로 반짝이는 햇빛이 점점 멀어졌다. 누군가 등을 밀었나, 당겼나? 간신히 수면 위로 떠올라 배에 매달렸을 때야 숨이 터져 나왔다. 심장이 미친 듯 뛰었다.

짧은 스노클링이었다. 우리는 다시 물에 들어가지 못하고 일정을 마무리했다. 놀람과 허우적거림, 그 모든 순간을 아들과 함께했다. 파타야의 바다는 두려움과 좋음이 뒤섞인 채, 하나의 추억으로 남았다.

열흘의 방콕과 그 모든 풍경 속에서 가장 또렷하게 남은 건, 아들의 손이었다.

귀한 열흘이 내 인생에 있었다.

태국 마핫타 사원(보리수 뿌리에 갇힌 불상)

8

파란 의자 하나쯤이면 충분해

(#니스)

태국에서 아들과 열흘을 보낸 후, 문득 '여행에도 권태가 있을까?' 하는 생각이 들었다. 해마다 연례행사처럼 여행을 다니는 사이 나는 조금씩 무뎌져 가고 있었다. 마침 그 무렵 여행 유튜버 '빠니보틀'의 말을 들었다.

"아무 감정이 없었어요. 내가 여행자가 맞나 싶었어요. 로봇이에요. 로봇."

모니터 너머 그의 눈빛은 이상할 만큼 담담했다. 처음에는 공항에만 가도 가슴이 뛰었다던 그도, 7년 만에 다시 찾은 아르헨티나 '우수아이아'에서는 아무런 감흥도 느끼지 못했다고 했다.

처음엔 믿기지 않았다. 정말 그럴까. 언젠가 나에게도 그런 날이 올까. 여행이 설렘이 아니라 그저 일정이 되는 순간이.

어느 해 늦봄, 나는 니스 해변에 있었다. 지중해가 수평선을 긋고 바람이 푸른 물결을 달리는 오후였다.

그때 눈에 띈 건 파란 의자들이었다. 등받이가 낮고 팔걸이가 둥근 철의자. 일렬로 쭉 놓여 마치 바다를 향해 귀 기울일 누군가를 기다리는 자리 같았다. 예약할 필요도 없는 자리. 누구에게나 열려 있는 자리.

나도 그곳에 앉았다. 처음에는 다리가 아파서였다. 그런데 앉는 순간 마음이 차분해졌다. 왜 사람들이 그렇게 오래 앉아 있었는지 알 것 같았다. 그곳에서는 누구도 바쁘지 않았고 누구도 다음 목적지를 떠올리지 않았다. 모두가 지금 이 순간에만 머물고 있었다.

파도는 바닥을 쓰다듬듯 밀려왔다가 사라지고, 바람은 젖은 손바닥처럼 목덜미를 스쳤다. 나는 먼 길을 날아와 그 자리에 앉아 있었다.

어쩐지 이번 여행은 부지런히 다녔으나 마음이 휑했다. 많은 곳을 보았으나 깊게 남지 않았다. 어딘가 고장 난 것 같았다. 빠니보틀이 생각났다.

의자에 앉으니 숨 가쁘게 다닌 내가 보였다. 바쁜 일상을 피해 떠나왔는데 이곳에서도 똑같이 바쁘게 다니고 있었다. 하늘을 봤다. 소리가 사라지고 바람이 천천히 지나갔다. 천천히 살아야겠다, 느리게 살아야겠다는 생각이 들자 "그래도 괜찮다, 그래도 괜찮다."라는 말이 나도 모르게 새어 나왔다. 무거운 가슴이 조금 내려가는 것 같았다. 그 파란 의자는 잠시 멈춰도 괜찮다고 말해주는 자리였다. 파도가 그런 나를 보고 갔다.

걸어야 보이는 게 있듯, 쉬어야 비로소 보이는 것이 있었다. 기록하느라, 부지런히 움직이느라 놓쳤던 감정들이 모습을 드러냈다. 여행은 풍경만 바꾸는 일이 아니라, 속도를 바꾸는 일이라는 걸 그 자리에서 알았다.

그제야 문득 오래전 흥얼거렸던 노래 한 구절이 떠올랐다.
"산 너머 남촌에는 누가 살길래 저 하늘, 저 빛깔이 그리 고울까."
길은 늘 어딘가로 이어지고, 그 끝에는 누군가의 삶과 이야기가 기다릴 것만 같았다. 아마도 나는 그 기대 때문에 자주 여행을 떠났는지도 모른다.

삶도 그렇다. 걷고, 멈추고, 방향을 잃기도 하는 길의 연속이다. "경험이 인생에 길 하나를 내는 셈이다." 누군가 한 그 말을 듣고 고개를 끄덕였다. 나 역시 그 길들을 만들기 위해 여행이라는 이름으로 자주, 어딘가로 떠났다. 새로운 도시의 첫 공기, 첫 숙소의 창문 너머 풍경, 익숙하지 않은 언어와 낯선 냄새까지, 어디론가 간다는 기대가 나를 살게 했다. 하지만 여행도 일상이 되면 감흥이 옅어진다. 어느 날 문득, 호기심도 의미도 빠진 채 그저 길 위를 걷는 나를 발견한다면 잠시 멈춰야 한다.

파란 의자에 앉아 있었을 뿐인데, 나는 다시 여행자가 아닌 길을 걷는 사람으로 돌아와 있었다. 앞으로의 삶을 조금 다르게 걸어보고 싶다는 마음이 들었다.

　여행이 끝나고 돌아가서 조금은 느슨한 마음으로 살아보기로 했다. 삶의 속도를 늦추어도 좋고, 완벽하지 않아도 괜찮다. 결과만이 삶의 목표가 아니라는 걸 잊지 않으리라.

　목표를 위해 애쓰는 과정도, 작고 의미 없어 보이는 순간도 모두 나의 삶이다. 삶에 무겁고 가벼운 건 없다는 걸 파란 의자가 알려주었다.

니스 파란 의자

니스 해변

9

삶을 오가는 무대

#콜로세움 #히에라폴리스

　로마는 거대한 유적의 세트장이다. 돌기둥 하나, 아치 하나가 사람보다 더 당당하게 서 있다. 구석구석 걷다 보면 이 도시의 주인은 현재가 아니라 과거라는 생각이 들 정도다. 수천 년 전 황제와 시민이 남긴 흔적들이 거리를 점유하고 있다. 화려한 무대 위를 걷듯, 로마 시내를 걸어 다녔다. 그리고 마침내, 콜로세움 앞에 섰다.

　로마에서 가장 보고 싶었던 건 단연 콜로세움이었다. 화면과 책에서 수없이 마주친 그 실체를 직접 확인하고 싶었다. 예약한 입장 시간이 가까워져 콜로세오 역에서 내려 서둘러 출구로 나갔다. 출구를 나오자마자 로마의 심장, 타원형의 콜로세움이 보였다. 오래 기다린 사람을 만난 듯, 오래전부터 알고 지내던 이를 다시 본 듯 반가웠다.

　콜로세움은 사진에서 보던 것보다 훨씬 거대했다. 이 거대한 경기장을 어떻게 상상했을까? 이 거대한 돌을 어떻게 쌓을 수 있었을까? 기둥과 기둥 사이를 아치가 촘촘히 잇고 있었다. 지진도 견디었고 중세에는 다른 건물을 짓기 위해 뜯겨 나가기도 했지만, 당당히 시간을 견디고 서 있는 모양새로.

경기장 내부로 입장할 때 손끝으로 거칠게 팬 돌을 만져보았다. 이 거대한 무대가 한때 환호와 피로 가득 찼다는 사실이 아득했다. 감동적이었던 영화 〈글래디에이터〉의 검투사들이 목숨 걸고 싸우고 맹수와 맞섰던 곳, 지하 아레나에서는 숨죽여 차례를 기다리고 있던 곳이 바로 이곳이다. 1층과 2층 내부에는 쓰러진 기둥과 잔해들이 전시되어 있었는데, 허물어졌으나 로마의 위세는 여전히 살아 있는 듯했다.

콜로세움의 외벽은 구멍투성이였다. 전쟁 때 군이 금속을 뜯어 갔다는 이야기를 들었다. 그 흔적들조차 이제는 시간이 새겨 놓은 무늬 같았다. 돌마다 남은 구멍과 균열, 흠집이 오히려 이 건물의 위상과 가치를 더 높여주는 듯했다.

무대는 사라졌지만, 관객의 자리는 남아 있었다. 자리에 앉아 눈을 감으니 말발굽 소리와 마차 구르는 소리, 관중석의 함성이 들리는 것 같았다. 영화의 감동이 현장에서 되살아나는 듯했다.

몇 해 전, 또 다른 고대 극장을 찾아갔다. 튀르키예 파묵칼레, 고대 도시 히에라폴리스의 원형극장이었다. 콜로세움이 싸움의 무대였다면, 히에라폴리스는 회복의 무대였다. 구조는 콜로세움과 닮았지만, 분위기는 전혀 달랐다.

피 냄새 대신 따뜻한 온천수의 김이 피어올랐고 검투사의 함성 대신 새소리와 바람 소리가 들려왔다. 무대 위 돌 틈에는 들꽃이 피었고 관객석에는 흙먼지 대신 햇살이 소복이 쌓였다.

무대 뒤엔 둥근 돌기둥이 서 있고 맞은편 관객석은 언덕을 따라 층층이 놓였다. 관객석은 무대에서 멀어질수록 위로 퍼지는 소쿠리 모양이었다. 내려다보면 마치 쏟아질 듯 아찔한 기울기가 인상적이었다.

히에라폴리스는 오래전부터 뜨거운 석회수가 솟는 도시였다. 고대인들은 물이 병을 고친다고 믿었기에 몸과 마음을 쉬기 위해 이곳을 찾았다. 극장 아래로 내려가면 온천수가 덮인 석회층이 하얗게 빛나는 걸 볼수 있다. 피로를 풀고 지친 몸을 회복할 수 있는 천혜의 자연이 도시 중심에 있었다. 그래서였을까. 이곳에서 벌어진 건 칼싸움이 아니라 연극과 음악, 철학 같은 이야기들이었다고 한다. 무대는 같아도 서사는 달랐다. 히에라폴리스는 죽음을 말하는 곳이 아니라 삶이 피어나는 극장이었다. 역사는 늘 이런 아이러니를 품는다. 누군가는 죽어가고 누군가는 태어난다. 누군가는 긍정을, 누군가는 부정을 택한다.

수천 년 전 이야기가 오늘의 우리 이야기와 다르지 않다. 어떤 날은 싸우고 경쟁하고 또 어떤 날은 물에 몸을 담그고 숨을 고른다. 오늘도 우리는 콜로세움과 히에라폴리스를 오가며, 각자의 이야기를 써 내려가는 중이다.

10

침묵이 전하는 말

#캐나다 빙하   #카타콤

설상차가 얼음 위를 느릿하게 기어올랐다. 맨살을 드러낸 바위와 흙길을 지나, 마침내 수만 년의 시간이 얼어붙은 빙하 지대에 닿았다. 150센티가 넘는 거대한 바퀴가 차가운 얼음을 눌렀고 차창 밖으로 끝없는 흰 세상이 펼쳐졌다.

캐나다 컬럼비아주, 아이스필드에 갔다. 우리가 탄 설상차는 빨간색과 흰색 바탕에 붉은 단풍이 그려져 캐나다 국기를 상징했다. 앞에 두 개, 뒤에 네 개. 모두 여섯 개의 거대한 바퀴가 얼음을 밟고 나아가는 모습이 마치 커다란 장난감 차가 굴러가는 것 같았다.

눈이 시리도록 투명한 공기, 흰빛 너머로 드러나는 산맥의 윤곽, 그리고 이 모든 것을 품고 있는 차가운 침묵. 그 위에 조심스레 발을 디뎠을 때, 손으로 먼저 빙하의 표면을 더듬었다. 얼음은 단단했고 손끝에 닿은 차가움이 곧장 몸으로 전해졌다. 바람마저 멈춘 듯한 순간, 나도 그 풍경 속에 함께 얼어붙을 것 같았다.

곧 햇살 아래에서 녹은 얼음이 작은 물줄기를 이루며 흘러내리는 걸 봤다. 그 앞에서 문득, 이 풍경이 언제까지 이 자리에 남아 있을까 하는 생각이 들었다. 그때 가이드가, 우리가 서 있는 이 빙하는 해마다 수 미터씩 물러나고 있다고 알려주었다. 사라지는 빙하의 크기가 우리 삶에 얼마나 큰 악영향을 미칠지 모른다는 게 두려운 일이다.

우리가 설상차를 타고 지나온 맨땅도 예전엔 빙하로 덮여 있었다. 얼음이 사라진 자리는 거칠고 메말라 있었다. 언젠가는 지금 서 있는 이 자리도 녹아 사라질 것이다. 기온이 오르면 얼음이 녹고, 바닷물이 따뜻해져 얼음은 더 빠른 속도로 녹는다. 결국 기후는 점점 더 인간의 삶을 위협하는 쪽으로 기울어간다.

노르웨이 스발바르 제도의 롱이어비엔이 생각났다. 2년 이상 얼어 있는 땅을 영구동토층이라고 부른다. 기후 변화로 그 위에 지어진 집들이 이제는 얼음과 함께 사라질 위기에 처했다. 땅에서 물이 솟고 그 위에 세운 집들이 서서히 흔들리고 있었다.

빙하와 땅속 얼음이 녹는다는 건, 우리가 딛고 선 삶의 기반이 서서히 무너진다는 뜻이다. 북극곰은 얼음 대신 땅 위를 배회하고, 먹이를 찾지 못해 마을의 쓰레기통을 뒤지며 생존을 이어가고 있다. 이건 동물만의 위기가 아니라는 증빙이다. 빙하는 침묵으로 지구에게 호소하고 있다.

빙하가 사라지는 모습을 보며 시간 속에 묻힌 또 다른 침묵의 공간인, 로마의 카타콤이 떠올랐다. 카타콤은 로마 기독교 시대의 지하 묘지를 말한다. 도심에서 조금 떨어진 곳에 있는 지하 공동묘지에는 햇빛 한 줄기 들지 않았다. 돌계단을 따라 지하로 내려가자 서늘한 공기가 먼저 얼굴을 스치고 연이어 미로 같은 통로가 끝없이 이어졌다. 돌 벽면에 관을 눕혔던 공간이 층층이 이어져 있었다. 비어 있는 자리들뿐인데도, 한때 이곳에 누워 있었을 이들을 떠올리니 숨소리마저 조심스러워지고 목소리도 저절로 낮아졌다. 그곳은 죽음을 세상과 단절시키고 감추는 게 아니라 죽은 자를 기억하기 위한 장소 같았다. 수천 년이 지난 지금까지도 지워지지 않은 그림과 낙서들. 안내자가 웃으며 소개한 문구 하나가 아직도 기억에 남는다. 우리로 치면 '철수와 민수 여기 다녀감' 같은 문장이었다. 흔적을 남기고 싶은 인간의 본능이었다.

산 세바스티아노 카타콤은 적극적으로 죽음을 드러내 보여줌으로써, 죽음이 끝이 아니라 삶의 한 부분임을 말하고 있는지도 모른다. 영원한 것은 없다는 사실까지 함께 일깨워 주면서.

나는 뜻밖에도 지하의 침묵과 빙하 위의 침묵이 묘하게 닮았다고 느꼈다. 시간이 흐르면 얼음도, 돌과 벽에 남은 흔적도, 기억도 조금씩 지워진다. 자연이든 인간이든, 영원할 수 없다는 사실 앞에서 우리는 무엇을 남겨야 할까?

여행은 끝났지만, 빙하 위의 물소리와 카타콤의 차가운 벽면은 아직도 내게 말을 건네는 것 같았다. 내가 외면한 것과 기억해야 할 것을.

삶이 대단하지 않은 것처럼 죽음도 대단하지 않을 것이다. 텀블러를 챙기고 장바구니를 꺼낸다. 맛있게 먹고 잘 잘 것이다. 죽지 않을 것이란 판타지 대신, 언제 죽어도 미련 없도록 재미나게 살 것이다. 일상에서는 여행하듯 하루를 대하고, 길 위에서는 내가 살아온 자리를 돌아본다. 여행과 삶이 다르지 않다는 걸, 날 떠나 배웠다.

설상차

Guide 2

착륙 후, 다시 나로 이어지는 글쓰기

여행이 끝난 뒤에도 나를 놓치지 않기 위해서

여행은 집에 돌아오는 순간 끝나지만, 여행이 남긴 감정은 일상 속에서 천천히 자랍니다. 이 부록은 여행에서 돌아온 당신이 자신을 다시 들여다볼 수 있도록 만든 작은 질문들입니다. 여행이 남긴 온도, 속도, 잔향을 오래 품어 보아요.

이제, 당신이 다녀온 여행 하나를 떠올려 주세요.
그때의 나를 이 질문에 따라 천천히 생각해 봅시다.

1 여행이 남긴 감정 세 가지

먼저, 여행이 끝난 뒤에도 계속 남아 있는 감정부터 적어보세요. 그 감정은 당신 안에서 오래 빛날 것입니다.

_____

2 놓치고 싶지 않은 장면 적어보기

돌아와서도 계속 떠오르는 장면 하나를 한 문장으로 적어보세요.

- 예: 귀한 열흘이 내 인생에 있었다.

_____

3 여행 후, 달라진 한 가지

여행은 종종 조용한 변화를 남깁니다. 아주 사소해 보여도 괜찮아요. 한 가지
변화만 적어보세요.

_____

4 여행이 내게 남긴 질문 한 가지

여행은 답을 주기보다 질문을 남깁니다. 그 질문이 당신을 성장시킬지 모릅
니다.

_____

5 다시 떠나게 만드는 마음 한 조각

어떤 감정이 당신을 떠나고 싶게 했나요?

_____

에필로그

    처음에는 갱년기가 등을 떠밀었다. 제대로 숨쉬기 위한 선택이었다. 살고 싶어 떠났다. 정리되지 않고 마음 한구석에 묶여 있던 감정들이 길 위에서 풀렸다. 바다와 골목, 맑은 공기와 햇살에 마음을 조금씩 놓았다. 느닷없이 시작된 여정은 나를 다시 깎고 다듬었다. 쫓기지 않고 느슨한 마음으로 나를 껴안았다.

    "이제는 들어와 거울 앞에 선 내 누이같이 생긴 꽃이여" 시구처럼 돌아와 잔잔해진 나를 본다. 여기에 의자 하나를 내밀어 당신을 앉혀 놓고 들려주고 싶은 마음으로 글을 썼다. 어떤 마음으로 떠났고 어떤 마음으로 돌아왔는지, 거울 앞에 선 나를, 생긴 그대로 그려 놓았다.

    쓰다 보니 괴로웠던 지난날조차 어쩐지 행복하고 소중하다는 생각이 들었다. 분명, 시간이 약인 게다. 글을 쓰며 끙끙거린 시간도 한몫했고.

    글을 쓰면서 다시 그곳으로 떠나고 싶은 마음이 불쑥불쑥 일었다. 그 마음을 여러 번 다독이며 추억으로 아쉬움을 달랬다.

내 이름으로 된 책 한 권 가지리라 막연히 꿈꿨었다. 한 자 한 자 꾹꾹 쓰다 보니 어느새 꿈에 가까이 다가왔다. 꿈은 별나라에 있는 게 아니었다.

이 책이 그 증거다.

갱년기 속에서 빛을 찾으려 했던 한 사람의 기록. 그 길을 함께 걸어주고 응원해 준 가족, '매일매일 글쓰기'의 꽃보다마흔님, '1년 살기' 멤버들, 그리고 글쓰기 벗과 블로그 이웃님들께 깊이 감사드린다. 무엇보다 지금 이 글을 읽고 있는 당신에게도.

당신의 길 위에도 언젠가 꽃바람이 불 것이다. 그 바람이 당신을 더따뜻한 곳으로 이끌어 주기를 바라며 글을 맺는다.